Piégé à Arkham

Direction de la publication : Carine Girac-Marinier
Édition : Antoine Caron
Direction artistique : Uli Meindl
Conception artistique : Sophie Rivoire
Mise en pages : Nord Compo
Illustrations scènes : Guillaume Boutanox
Fabrication : Marlène Delbeken

ISBN : 978-2-03-597269-9

POCHE ESCAPE GAME

Piégé à Arkham

Gilles Saint-Martin

Nicolas Trenti

LAROUSSE

PRINCIPE ET RÈGLES DU JEU

Les ESCAPE GAMES de poche

Les scénarios des ESCAPE GAMES de poche vous permettent de vivre des aventures littéraires à la croisée des *Escape Games* classiques, des jeux vidéo d'aventures type *Point'n'Click* et des Livres dont vous êtes le héros ®.

Enfermé dans une salle, vous devez explorer votre environnement et utiliser les objets à votre disposition pour vous échapper en un temps limité. Observation, réflexion et imagination vous guideront vers la sortie.

Le livre se décompose en plusieurs sections :

L'introduction

Ce texte précise le contexte de votre aventure. À la fin de la lecture de cette introduction, lancez le chronomètre. Désormais, votre temps est compté !

Toutefois, si vous ne parvenez pas à sortir dans le temps imparti, rien ne vous empêche de continuer vos recherches au-delà des 60 minutes requises.

Les salles

Chaque salle (S1, S2, …) dans laquelle vous pénétrez au cours de votre aventure vous est décrite en quelques paragraphes. Soyez attentif à ces descriptions et prenez des notes sur une feuille, en inventoriant notamment les objets que vous découvrez.

Un modèle de **feuille de route** vous sera proposé à l'issue de la lecture de la salle **S1**. Il comprend quelques exemples pour guider vos premiers pas et bien adopter la mécanique du jeu.

Chaque objet est répertorié par deux initiales (par exemple : **PO** pour **porte**). Ces lettres sont utiles pour effectuer des actions sur ces objets (voir paragraphe suivant : **Décodeur**).

Attention : chaque aventure se déroulant dans plusieurs salles, ne lisez le descriptif d'une salle que si vous y avez été expressément invité.

Gardez bien en tête également qu'un objet trouvé dans une salle pourra, sauf indication contraire, être utilisé dans une des pièces suivantes.

Le « Décodeur »

Pour effectuer une action sur un objet, il suffit d'associer le code d'une **action** (**2 lettres**) et les initiales de l'**objet** (**2 lettres**) pour former un **mot-code de 4 lettres**.

Les actions possibles

- **EX** pour **examiner**, regarder attentivement : cette action permet d'accéder à une description approfondie, minutieuse et très instructive de l'objet en question. Il s'agit d'une action souvent indispensable pour découvrir de précieux indices ;
- **OU** pour **ouvrir**, allumer ;
- **DE** pour **déplacer**, secouer, renverser, pousser ;
- **IN** pour obtenir un **indice** sur la façon d'utiliser un objet, notamment si vous êtes bloqué dans votre aventure.

Si le premier indice ne vous aide pas, un second indice plus précis pourra vous être proposé. Notez sur votre feuille de route le nombre d'indices consultés.

Grâce au Décodeur, chaque mot-code de 4 lettres que vous formez vous renvoie à une combinaison de 4 chiffres : ce numéro correspond au paragraphe qui va vous décrire le résultat de votre action.

Ces paragraphes sont disponibles dans la partie **Révélations**. Il y a donc une multitude de combinaisons et de paragraphes différents qui vont vous conduire vers des histoires alternatives, vous donner des indices pour accéder à la sortie ou... à des culs-de-sac !

Attention : pour former un mot-code, il faut toujours respecter l'ordre suivant : **code de l'action puis initiales de l'objet.**

Par exemple : pour ouvrir (**action** OU) le **tiroir** TI, il faut se reporter à la combinaison inscrite en regard du code OUTI dans le Décodeur.

Il est également possible de combiner deux objets, de manière à les utiliser l'un avec l'autre. Pour cela, il suffit d'associer les initiales des objets. Par exemple, pour utiliser la **clé en argent** CA sur le **tiroir** TI, il suffit de se reporter à la combinaison inscrite en regard du code CATI.

Au cours de votre aventure, vous pourrez également être confronté à des **cadenas**, **digicodes**, **systèmes de verrouillage**… qui nécessitent systématiquement une combinaison à quatre chiffres. Dans ce cas, une fois que vous aurez résolu l'énigme et trouvé les chiffres en question, il vous suffira de vous reporter directement au paragraphe correspondant dans la partie **Révélations** (voir paragraphe suivant). Si vous ne trouvez pas de paragraphe pour la combinaison envisagée, c'est tout simplement que ce code n'est pas le bon. Continuez à chercher un peu, et n'oubliez pas de faire appel à un indice si vous êtes bloqué.

Les « Révélations »

Le chapitre Révélations vous permet de découvrir le **résultat** d'une action, d'une association d'objets ou de la saisie d'un code. Ces paragraphes numérotés en fonction des actions et des objets choisis vont vous permettre de trouver de nouveaux indices, d'ouvrir de nouvelles salles… ou pourront s'avérer totalement inutiles ! Laissez-vous guider par le paragraphe correspondant à la combinaison en question.

Certains paragraphes vous invitent à vous défausser de certains objets dont vous n'aurez plus l'utilité. Vous pouvez alors les barrer de votre feuille de route.

Certaines combinaisons peuvent également vous **pénaliser** : vous pourrez perdre des minutes précieuses, ou même perdre la partie ! Soyez prudent !

La conclusion

Cette partie du livre résume le dénouement de votre aventure, à ne lire que lorsque vous serez parvenu à sortir de la dernière salle et que vous y aurez été invité. Vous découvrirez alors votre score final, en fonction du temps écoulé et du nombre d'indices consommés.

Les solutions

En fin d'ouvrage, retrouvez l'intégralité des solutions et du raisonnement à suivre pour vous échapper. À ne lire qu'en cas d'extrême nécessité !

Jouez aussi avec votre Smartphone !

Afin d'optimiser votre temps de recherche ou pour vous permettre de jouer à plusieurs simultanément, vous pouvez également utiliser votre Smartphone.

Après avoir lu l'introduction et le descriptif de la première salle dans le livre, rendez-vous à l'adresse suivante :

Vous pouvez aussi scanner le Flashcode ci-contre :

https://escape-game.larousse.fr/poche/arkham.html

Par l'intermédiaire de cette page, vous pourrez effectuer les mêmes actions qu'en parcourant le livre et découvrir immédiatement le texte des paragraphes correspondant à vos déductions.

Le principe de recherche reste d'ailleurs le même. Par l'intermédiaire d'un champ de saisie, vous pourrez entrer, au choix :

- **un mot-code de 4 lettres**, correspondant à l'association d'une action et d'un objet, à l'assemblage de deux objets entre eux, ou à la combinaison d'un objet et d'un personnage (OUTI, PIMO, etc.) ;

• **une combinaison de 4 chiffres,** correspondant à un code à découvrir au cours de vos recherches.

Dans les deux cas, le paragraphe correspondant apparaît immédiatement à l'écran.

Un chronomètre, un historique cliquable des actions précédentes et un inventaire guident également vos recherches.

Quoi qu'il en soit, conservez toujours le livre à portée de main : il reste indispensable pour lire la description des nouvelles salles, des objets et la conclusion de votre aventure.

Le livre vous permettra également, en vous reportant aux paragraphes indiqués, de découvrir les visuels de certaines énigmes dans une meilleure résolution.

Vous vous sentez désormais fin prêt ? Parfait !
Commencez par lire l'introduction, et laissez-vous guider par les indications contenues dans le texte…
Bonne chance !

INTRODUCTION

Piégé à Arkham

C'est une nuit sans lune. L'ambiance est d'encre et il pleut des cordes. Voilà déjà plus de trois heures que vous roulez. La fatigue vous engourdit, et ce voyage n'en finit pas…

Les yeux rivés sur le pare-brise où les essuie-glaces combattent désespérément les trombes d'eau, vous avancez à faible allure. Et comme si cela ne suffisait pas, votre dos vous fait souffrir à cause de la glissade faite ce matin dans votre salle de bain. Voilà ce qui arrive quand on est trop pressé.

Ce que vous ne saviez pas quand vous êtes sorti de chez vous, c'est que cet accident n'était que le début d'une mauvaise journée. D'abord, les bouchons vers l'aéroport vous ont obligé à implorer l'hôtesse pour qu'elle vous laisse embarquer malgré votre retard. Ensuite, l'avion a dû attendre plus d'une heure sur le tarmac avant de décoller pour une obscure raison de trafic aérien. Après avoir enfin atterri à Boston, vous avez manqué votre train. C'est pour cela que vous vous êtes rabattu sur une voiture de location, la dernière du parc, évidemment sans GPS. Et maintenant, après vous être trompé plusieurs fois de direction, vous voilà perdu au fin fond du Massachusetts, sur une route de campagne où personne ne passe.

La raison vous pousse à faire demi-tour. Pourtant, il vous faut absolument arriver à Arkham. Ce ne doit plus être loin..., songez-vous, aveuglément optimiste. Au bout de cette galère, il y a un énorme contrat à la clé pour votre société, la High Propulsion Ltd. L'homme que vous devez rencontrer, Howard Trap, est professeur en cosmologie à l'université Miskatonic d'Arkham. Son concept tient du génie. Il est susceptible de révolutionner la conquête spatiale et d'ouvrir les portes de l'Univers à l'humanité. Malheureusement, le secret s'est ébruité. Il faut agir vite. Votre patron a été clair. Si la paperasse lui assurant l'exclusivité n'est pas ficelée demain matin, le marché va lui passer sous le nez, et vous pourrez chercher du travail ailleurs. Il n'est pas question de gâcher six mois d'efforts pour quelques déconvenues. Quoi qu'il en coûte, votre carrière est votre priorité.

Soudain, quatre explosions retentissent. La voiture fait une embardée. Vous pilez net. Le moteur cale. Vous essayez aussitôt de le redémarrer, mais en vain. Après vous être acharné sur le bouton start, vous finissez par accepter l'évidence : c'est la panne ! Vous dégainez votre téléphone, et constatez que la batterie est complètement à plat. Hier soir, avant de vous coucher, vous vous êtes dit que vous le chargeriez dans le train ; un choix mal inspiré. Comble de malchance, votre véhicule ne dispose pas de la moindre prise USB.

Vous soupirez…

Décidément, cette journée est la pire de votre vie. Vous voici coincé au milieu de nulle part, avec pour seul abri une voiture inutilisable. Il fait très froid. Sans chauffage, vous risquez la pneumonie, peut-être même pire…

Vous balayez les alentours d'un regard désespéré. Soudain, vous apercevez une lueur à travers les arbres. Trouver un signe de vie ici est inespéré. La chance se déciderait-elle enfin à tourner ?

Sans attendre, vous relevez symboliquement le col de votre veste et sortez de la voiture. Vous constatez que les quatre pneus sont à plat et que la chaussée est parsemée de clous. Maudissant le tordu responsable de cette mauvaise plaisanterie, vous envoyez un coup de pied rageur dans la portière avant de tourner les talons. Un chemin s'enfonce dans la forêt. Bravant la tempête, vous vous y engagez d'un pas décidé. Après une marche pénible et dangereuse dans la boue collante et les cailloux glissants, trempé de la tête aux pieds, vous atteignez enfin une demeure.

Lorsque vous arrivez sous le porche, le seul fait de ne plus être bombardé d'eau vous soulage. À côté de la porte, accrochée au mur bardé de planches moisies, vous remarquez une lame de bois sur laquelle est gravé le nom « Fleur-de-Lys ». Vous appuyez sur la sonnette d'une main tremblante. Un carillon au timbre mélancolique retentit. Peu après, la porte s'ouvre en grinçant.

Un homme vous fait face. De prime abord, ce quinquagénaire filiforme au visage blême n'inspire pas la sympathie. Pourtant, il vous accueille avec bienséance et spontanéité. Quelques instants plus tard, vous vous retrouvez confortablement installé dans un fauteuil en cuir, une tasse de café bien chaud en main. Tout en racontant vos mésaventures à cet hôte providentiel, vous dégustez ce nectar aussi noir que réconfortant.

Peu après, un énorme coup de fatigue vous frappe. Votre vision se trouble, les sons s'affaiblissent, la tête vous tourne, et vos paupières finissent par se fermer irrémédiablement…

Vous vous réveillez en sursaut. Les yeux écarquillés par la surprise, vous constatez que vous êtes assis sur le sol crasseux et humide d'une cave timidement éclairée par une ampoule d'un autre âge. Vous mettez quelques instants à comprendre que vous êtes ligoté. Pieds et poings liés, adossé contre un mur gluant où gigotent limaces et araignées, vous êtes incapable de bouger. Vous croyez d'abord à un cauchemar, mais vous vous ravisez rapidement. Face à vous, une lumière plus intense passe sous une porte. De l'autre côté, vous entendez la voix de l'homme qui vous a reçu : « J'en tiens un. Rassemblez les messagers des Grands Anciens et rejoignez-moi. Le sacrifice aura lieu dans une heure. »

Dans quel traquenard êtes-vous tombé ? Quelle histoire de fou !

Tandis que vous l'entendez s'éloigner, vous n'avez qu'une seule idée en tête : partir d'ici !

Lancez le chronomètre, et rendez-vous en salle S1.

LA CAVE

SALLE S1 - LA CAVE

L A

La cave

Encore étourdi, vous laissez échapper un gémissement pathétique en ressentant de vives douleurs sur vos vertèbres lombaires et l'implacable étreinte de votre front bourdonnant. Serrant les dents, vous observez la pièce où vous vous trouvez.

C'est une cave humide et poussiéreuse où flotte une désagréable odeur de moisissure. À part une porte, la seule autre ouverture est située au-dessus de votre tête. C'est un petit soupirail occulté par un grillage anti-rongeurs par lequel s'écoulent de minces filets d'eau semblables à des tentacules scintillants. Ils aboutissent placidement à une flaque qui menace votre postérieur.

À côté de la porte munie d'une vieille serrure, une boîte métallique ressemblant fort à une caisse à outils est posée sur un guéridon rongé par les termites.

Dans un autre coin, vous apercevez un casier à bouteilles couvert de poussière.

En poursuivant votre inspection, vous remarquez également un tas de journaux. Déposés à même la terre battue, ils témoignent du passage fréquent de souris, ou peut-être de rats. Est-ce vraiment une bonne nouvelle de savoir que vous n'êtes pas seul à fréquenter cette cellule ?

Cependant, ligoté comme vous l'êtes, vous ne pouvez vous rapprocher d'aucun de ces objets. Seule la **flaque**

d'eau **LA** est à portée de votre regard paniqué et de vos doigts fébriles. Si vous voulez vous échapper, il faut impérativement commencer par vous défaire de vos entraves. Elles sont serrées, mais vous avez néanmoins la liberté de bouger vos mains dans votre dos.

En tâtant la poche arrière de votre pantalon, vous constatez qu'elle contient le **carnet** et le **stylo** qui ne vous quittent jamais. Ils vous permettront de prendre des notes qui pourraient s'avérer utiles, voire vitales.

Entre votre veste et votre chemise, vous apercevez votre poche intérieure. Elle est vide. Votre portefeuille et votre téléphone ont disparu, probablement dérobés par votre geôlier. Que vous veut-il ? Pourquoi vous ? Que peut-il bien se passer dans cette demeure ? D'après ce que vous avez pu entendre à travers la porte, les réponses à ces questions doivent faire froid dans le dos.

Fidèle à votre naturel méthodique et rigoureux, vous décidez de répertorier mentalement les quelques objets à votre disposition. Une fois libre de vos mouvements, vous vous empresserez de les noter noir sur blanc. Il vous faudra impérativement tenir cet inventaire à jour au fil de vos découvertes, et relever toutes les informations importantes afin de ne rien oublier.

OBJETS

LA – Flaque d'eau

NOTES

- Se libérer des liens.
- Ouvrir la porte de la cave.
- Percer le mystère de cette demeure.

LA FEUILLE DE ROUTE

S'il s'agit de votre première aventure et que vous souhaitez un peu d'aide pour débuter, n'hésitez pas à lire les pages suivantes qui vous guideront dans vos premiers pas.

Si vous êtes déjà familier avec la mécanique du jeu et que les règles n'ont pas de secret pour vous, vous pouvez vous dispenser de cette introduction et vous lancer par vous-même !

Vos premiers pas…

Dans ce cachot lugubre, le seul objet à votre portée est la **flaque d'eau** LA qui s'étale lentement sur le sol. Son examen (**action** EX) vous permet de former le mot-code EXLA, que vous cherchez dans le **Décodeur**. Le mot-code EXLA vous renvoie à la combinaison **0925** des **Révélations** :

→ 0925

Dans la flaque, vous voyez le reflet de votre dos. Vos poignets sont attachés par de solides cordes nouées autour de deux barres métalliques scellées dans le mur. En observant attentivement ce méli-mélo, vous jugez qu'il est possible de le défaire.
Observez bien les cordes et les nœuds qu'elles forment. Dans la position inconfortable où vous vous trouvez, vous ne pouvez que tirer sur les brins numérotés de 1 à 8. À vous d'identifier les quatre brins clés et l'ordre dans lequel il faut les manipuler. Cela vous permettra de composer un code à quatre chiffres où vous devrez vous rendre pour vous libérer.

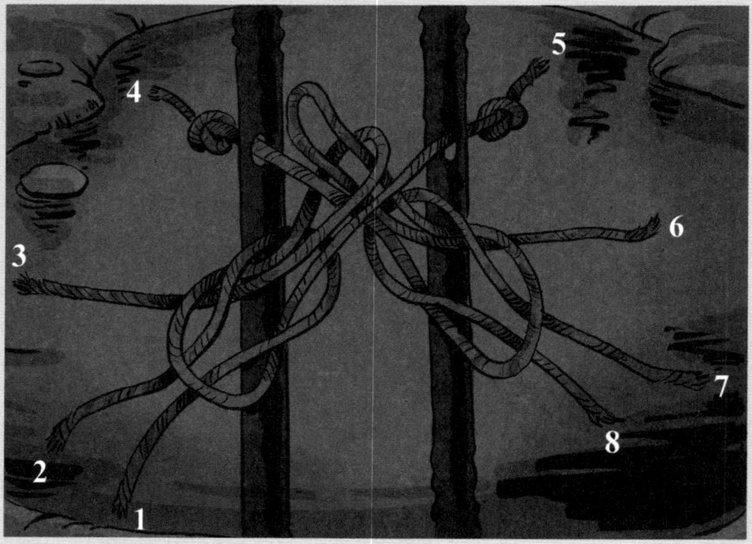

En examinant les cordes, vous comprenez qu'il faut successivement tirer sur les brins 6, 4, 3 et 5. Vous vous reportez donc au paragraphe **6435** des Révélations.

→ 6435

Sitôt détaché du mur et les mains libres, vous vous empressez de défaire les liens de vos chevilles. Vous vous relevez péniblement, le dos en compote. Debout au milieu de la pièce, vous avez enfin la possibilité d'accéder aux divers objets qui s'y trouvent. Il y a une porte munie d'une **vieille serrure** SE, une **caisse à outils** CO, un **casier à bouteilles** CA, et des **journaux** JU.

Planté devant la porte qui est évidemment close, vous examinez sa serrure avec l'espoir un peu fou d'y trouver une faiblesse. En combinant l'action **Examiner** (EX) et la **serrure** SE, vous obtenez le mot-code EXSE. Le Décodeur vous renvoie alors à la combinaison **8586** :

→ 8586

L'œil collé au trou de la serrure, vous constatez que la clé n'est pas engagée dedans. Il n'y a donc aucune chance de la récupérer de quelque manière que ce soit. Cependant, le mécanisme a l'air simple. Un passe-partout semblable à celui que vous utilisiez lorsque vous étiez lycéen pour entrer dans la réserve de la cantine devrait fonctionner. Malheureusement, nous n'en avez pas. Serait-il possible d'en fabriquer un dans cette cave moisie ?

S'il faut fabriquer une clé, mieux vaut être bien outillé. Vous vous relevez pour approcher du guéridon, et décidez donc d'**ouvrir** (action OU) la **caisse à outils** CO de façon à former le mot-code OUCO. Une nouvelle recherche dans le Décodeur vous renvoie au paragraphe **2620** des Révélations :

→ 2620

À peine avez-vous effleuré le couvercle que le guéridon s'écroule. La boîte tombe par terre en faisant un vacarme de tous les diables. Votre cœur s'emballe. Vous restez immobile, écoutant tout ce qui se passe de l'autre côté de la porte. Heureusement, personne ne vient.

Après quelques exercices respiratoires, vous reprenez votre calme et observez le sol. Des outils en tous genres se sont éparpillés. Ils sont dans un état lamentable. La plupart sont tordus, cassés ou rongés par la corrosion. Seules des **pinces coupantes rouillées** PI encore entières attirent votre attention.

Vous pouvez ajouter les **pinces rouillées** PI à votre liste d'objets. Cet outil en main, vous vous y intéressez de plus près, au moyen du mot-code EXPI qui vous renvoie au paragraphe **2350** :

→ 2350

En essayant de manipuler les pinces, vous avez la désagréable surprise de constater qu'elles sont inutilisables en l'état. Elles sont en effet complètement bloquées par la rouille.

Refusant de rester à rouiller vous aussi ici, vous vous intéressez au **casier à bouteilles** CA qui se trouve dans l'autre coin de la cave. Le mot-code EXCA vous renvoie au paragraphe **5035** :

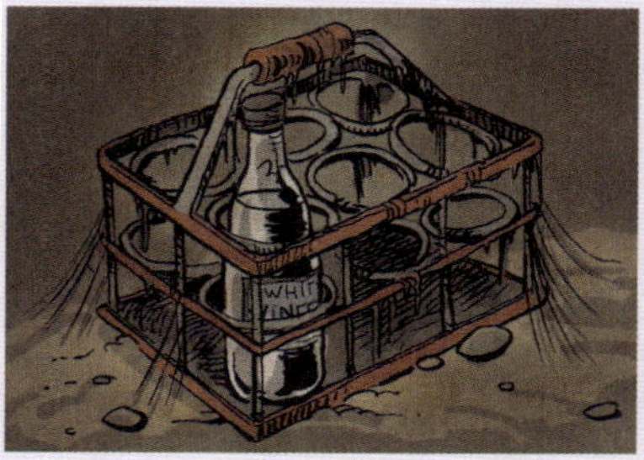

→ 5035

Même s'il a été malmené par le temps, ce vieux casier à bouteilles est de belle facture. Entièrement métallique, il est composé d'une armature en ronds cintrés ceinturée par un épais cerclage plat. Il ne contient qu'une bouteille transparente qui est pleine de **vinaigre blanc** VI.

Ajoutez la **bouteille de vinaigre** VI à la liste de vos objets. Pensant aux astuces de votre regrettée grand-mère, vous vous rappelez que le vinaigre est capable de faire partir la rouille. Vous imbibez donc de **vinaigre** VI des feuilles prises dans la pile de **journaux** JU. Vous recherchez le mot-code VIJU ou JUVI dans le Décodeur, qui vous renvoie au paragraphe **7360** des Révélations :

→ 7360

Ainsi imbibées de vinaigre, ces feuilles de journaux constituent des **abrasifs dégrippants** GI acceptables.

Ajoutez le **dégrippant** GI à votre liste d'objets.

À ce stade, vous ne pouvez plus compter que sur votre sens de l'observation et votre perspicacité pour résoudre les énigmes et progresser dans l'aventure.

Examinez les objets en votre possession, combinez-les pour avancer et n'oubliez pas que vous pouvez à tout instant demander des **indices** en combinant l'action IN avec le code de l'objet sur lequel vous restez bloqué.

Bonne chance pour la suite !

LE TEMPLE

Attention ! Ne lisez le chapitre suivant
que si vous y avez été expressément invité !

LI
TE

SALLE S2 - LE TEMPLE

Le temple

Soulagé de sortir enfin de cette cave lugubre, vous découvrez une pièce pour le moins inquiétante. Son allure générale vous fait immédiatement penser à un temple. Il y règne une ambiance lourde, exacerbée par un enivrant parfum d'encens. Cependant, vous n'avez aucune idée du culte qui peut être pratiqué ici, et cela vous intrigue…

Cet endroit transpire la folie et l'horreur. Très mal à l'aise, vous avez l'impression qu'un monstre sanguinaire va surgir d'un instant à l'autre et vous entraîner dans le néant. Heureusement, il vous reste encore votre détermination, votre volonté de survivre et votre raison. Ce ne sera pas de trop.

À la lumière d'un grand lustre circulaire en fer forgé occupant une bonne partie du plafond, vous examinez les lieux d'un regard inquiet.

Face à vous, une grande **bibliothèque** **LI** en bois sculpté occupe tout un pan de mur. Elle est remplie de livres aux couvertures sombres et de bibelots ésotériques.

À votre droite se dresse une inquiétante **statue** **TU**. Elle représente un être humanoïde à tête de poulpe entourée de tentacules surmontant un corps écailleux et grotesque muni d'ailes de dragon rudimentaires. Cette créature évoquant à la fois une pieuvre, un dragon et une caricature humaine est effroyable. Si celui qui l'a sculptée voulait faire peur, il a brillamment réussi.

À votre gauche se trouve un imposant **autel** TE de marbre noir sur lequel sont posés des objets qui mériteront certainement que vous vous y intéressiez.

Enfin, devant vos pieds un étrange symbole aux allures de **pentagramme** PE, vers lequel semble se pencher la statue, est gravé dans le sol.

Soudain, vous vous rendez compte que l'essentiel manque. Il n'y a pas la moindre porte à part celle dont vous sortez ! Pourtant, l'homme qui vous a enfermé dans la cave a bien quitté cette pièce. Vous l'avez entendu à travers la porte. Une issue doit donc se cacher quelque part. C'est évident.

Sur votre précieux carnet de notes, après avoir quelque peu apaisé votre anxiété en respirant profondément, vous faites le tri des objets qui n'existent plus ou qui ne vous serviront plus. Puis vous prenez une minute de réflexion pour voir où vous en êtes à ce stade de cette terrible aventure qui vire de plus en plus au cauchemar…

OBJETS

- ~~LA Flaque d'eau~~
- ~~CO Caisse à outils~~
- ~~CA Casier à bouteilles~~
- JU Journaux
- ~~SE Serrure~~
- ~~PI Pinces rouillées~~
- VI Bouteille de vinaigre
- ~~GI Dégrippant~~
- ~~KU Pinces coupantes~~
- ~~PA Passe-partout~~
- LI Bibliothèque
- TU Statue
- TE Autel
- PE Pentagramme

NOTES

- ~~Se libérer des liens.~~

- ~~Ouvrir la porte de la cave.~~

- Percer le mystère de cette demeure.

- Trouver une issue et sortir du temple.

SALLE S3

LE VESTIAIRE

Attention ! Ne lisez le chapitre suivant
que si vous y avez été expressément invité !

SO
BA

SALLE S3 - LE VESTIAIRE

Le vestiaire

Pas fâché de quitter ce temple de la folie humaine, vous pénétrez dans une pièce qui a toutes les allures d'un vestiaire. Les occupants de ces lieux occultes s'y changent certainement avant de pratiquer leurs rites maléfiques. Si vous pouviez savoir qui ils sont, ce serait un atout de taille pour stopper ces crimes odieux. Cependant, votre priorité reste de sortir, et pour l'instant, vous êtes encore au sous-sol de cette demeure cauchemardesque. Vous vous mettez donc à observer attentivement les lieux.

Neuf **soutanes** SO en soie noire sont suspendues à des porte-manteaux. Elles semblent attendre patiemment leurs cruels propriétaires.

À votre gauche, un **banc** BA posé le long d'un des murs. Comme la bibliothèque du temple, il est finement sculpté de motifs effrayants.

À votre droite, vous apercevez un escalier qui permet de monter. Enfin le passage vers la sortie !... songez-vous. Le seul problème, c'est qu'il est barré par une lourde **herse** HE.

Vous notez ces objets sur votre carnet, et faites le tri de ceux qui n'existent plus ou qui ne vous serviront plus. Puis vous vous mettez à réfléchir à la façon dont vous allez pouvoir filer d'ici. Le rez-de-chaussée est en haut de cet escalier. Il n'y a plus qu'à ouvrir cette herse pour vous y rendre.

OBJETS

- LA ~~Flaque d'eau~~
- CO ~~Caisse à outils~~
- CA ~~Casier à bouteilles~~
- JU Journaux
- SE ~~Serrure~~
- PI ~~Pinces rouillées~~
- VI ~~Bouteille de vinaigre~~
- GI ~~Dégrippant~~
- KU ~~Pinces coupantes~~
- PA ~~Passe-partout~~
- LI ~~Bibliothèque~~
- TU ~~Statue~~
- TE ~~Autel~~
- PE ~~Pentagramme~~
- RI Livre
- DA Dague
- DO ~~Œil~~
- FO Coffre
- SO Soutanes
- BA Banc
- HE Herse

NOTES

- ~~Se libérer des liens.~~

- ~~Ouvrir la porte de la cave.~~

- Percer le mystère de cette demeure.

- ~~Trouver une issue et sortir du temple.~~

- Ouvrir la herse barrant l'escalier.

SALLE S4

LE GARAGE

Attention ! Ne lisez le chapitre suivant
que si vous y avez été expressément invité !

SALLE S4 - LE GARAGE

PO
MA

Le garage

Lorsque vous ouvrez la porte, vous constatez, non sans une terrible déception, que vous n'êtes pas encore libre. Vous découvrez en effet un garage poussiéreux aux relents de cambouis et faiblement éclairé. Résigné mais bien décidé à trouver enfin la voie de la liberté, vous balayez les lieux du regard pour ne rien laisser au hasard.

À votre gauche, vous voyez un **portail** **MI** qui ne peut donner que sur l'extérieur. La pluie tambourine dessus sans relâche, jouant une musique envoûtante. À votre droite se trouve une **porte** **PO**. Au milieu du garage trône une **moto** **MA** qui semble avoir quelques problèmes mécaniques car elle est **en pleine réparation**.

Il vous semble entendre des voix étouffées provenant de l'autre côté de la porte. L'occupant de cette demeure a certainement commencé à recevoir ses sordides invités. Ils ne vont pas tarder à se rendre dans leur temple souterrain pour y pratiquer le sacrifice dont vous êtes la victime toute désignée. Dans votre fuite, vous avez rassemblé suffisamment d'informations pour identifier ces sbires de Cthulhu, ainsi que leurs malheureuses victimes. Vous avez percé le mystère de cette demeure. Toutefois, ces précieuses informations ne serviront à rien si vous ne parvenez pas à vous échapper.

Il va falloir être efficace, discret, et ne surtout pas perdre de temps.

Vous consultez à nouveau votre carnet qui commence à être bien rempli. Encore quelques efforts et vous serez libre. Il ne faut pas tout gâcher maintenant.

En tenant compte de ces derniers éléments et en éliminant les objets qui sont désormais inutiles, voici où vous en êtes…

OBJETS

- ~~LA Flaque d'eau~~
- ~~CO Caisse à outils~~
- ~~CA Casier à bouteilles~~
- ~~JU Journaux~~
- ~~SE Serrure~~
- ~~PI Pinces rouillées~~
- ~~VI Bouteille de vinaigre~~
- ~~GI Dégrippant~~
- ~~KU Pinces coupantes~~
- ~~PA Passe-partout~~
- ~~LI Bibliothèque~~
- ~~TU Statue~~
- ~~TE Autel~~
- ~~PE Pentagramme~~
- ~~RI Livre~~
- ~~DA Dague~~
- ~~DO Œil~~
- ~~FO Coffre~~
- ~~SO Soutanes~~
- BA Banc
- ~~HE Herse~~
- ~~FE Fentes~~
- ~~DI Pendentifs~~
- PO Porte
- MA Moto en panne
- MI Portail

NOTES

- ~~Se libérer des liens.~~
- ~~Ouvrir la porte de la cave.~~
- ~~Percer le mystère de cette demeure.~~
- ~~Trouver une issue et sortir du temple.~~
- ~~Ouvrir la herse barrant l'escalier.~~
- Quitter au plus vite cet endroit.

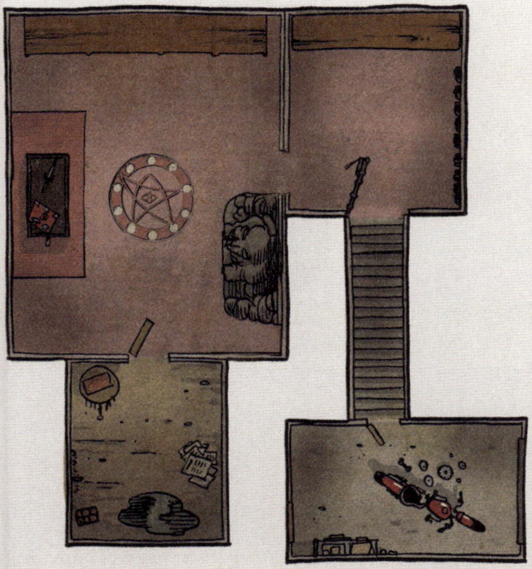

DÉCODEUR

Rappel des actions possibles

- EX : examiner, regarder attentivement
- OU : ouvrir, allumer
- DE : déplacer, secouer, renverser, pousser
- IN : indice sur l'objet
- Assembler les lettres de 2 objets pour les utiliser ensemble

Pour saisir un code pour ouvrir un cadenas, digicode, etc., inutile d'utiliser le Décodeur : il suffit de se reporter directement à la combinaison à quatre chiffres dans la partie Révélations du livre.

Jouez avec votre Smartphone !

Si vous souhaitez optimiser votre temps de recherche dans le Décodeur, n'oubliez pas que vous pouvez utiliser la version Web du dictionnaire, accessible à l'adresse :

https://escape-game.larousse.fr/poche/arkham.html

ou par l'intermédiaire du Flashcode ci-après.

Saisissez votre mot-code dans le champ de recherche et découvrez immédiatement la combinaison associée et le paragraphe correspondant.

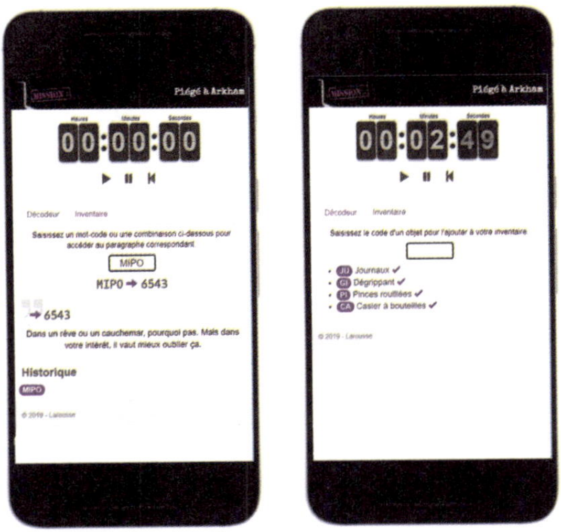

BACA	4567	BAPO	3000	CALI	2345	COFO	4567
BACO	6543	BARI	8220	CAMA	4567	COGI	0150
BADA	5220	BASE	9876	CAMI	5678	COHE	9876
BADI	9120	BASO	1760	CAMO	7654	COJU	4360
BADO	8765	BATE	0030	CAPA	7369	COKU	8870
BAFE	6543	BATU	2930	CAPE	2345	COLA	7654
BAFO	7880	BAVI	5320	CAPI	0740	COLE	2345
BAGI	8765	CABA	4567	CAPO	5678	COLI	4321
BAHE	1101	CACO	2345	CARI	2345	COMA	8440
BAJU	5432	CADA	2345	CASE	2586	COMI	8765
BAKU	5678	CADI	1234	CASO	5432	COMO	3490
BALA	6543	CADO	8765	CATE	5678	COPA	4790
BALE	2345	CAFE	1234	CATU	2345	COPE	4321
BALI	1234	CAFO	9876	CAVI	2840	COPI	0610
BAMA	4540	CAGI	6994	COBA	6543	COPO	4321
BAMI	6280	CAHE	5432	COCA	2345	CORI	1234
BAMO	9490	CAJU	3326	CODA	1234	COSE	6960
BAPA	4567	CAKU	0877	CODI	4321	COSO	1234
BAPE	4670	CALA	2345	CODO	8765	COTE	5678
BAPI	7654	CALE	8765	COFE	7654	COTU	4567

COVI	1020	DAPI	5678	DELA	4321	DIDO	9876
DABA	5220	DAPO	4480	DELE	8065	DIFE	5000
DACA	2345	DARI	3310	DELI	5630	DIFO	1234
DACO	1234	DASE	9860	DEMA	1734	DIGI	5678
DADI	5678	DASO	8560	DEMI	3808	DIHE	3990
DADO	6090	DATE	7820	DEMO	1239	DIJU	7654
DAFE	0270	DATU	0830	DEPA	0369	DIKU	2345
DAFO	2947	DAVI	5678	DEPE	5647	DILA	8765
DAGI	9876	DEBA	3240	DEPI	8040	DILE	4321
DAHE	9990	DECA	0864	DEPO	3938	DILI	5432
DAJU	7654	DECO	2620	DERI	4140	DIMA	6543
DAKU	4567	DEDA	1140	DESE	6486	DIMI	9876
DALA	8765	DEDI	5040	DESO	9456	DIMO	6543
DALE	1234	DEDO	2109	DETE	0340	DIPA	1234
DALI	9430	DEFE	5517	DETU	3841	DIPE	5432
DAMA	5432	DEFO	2078	DEVI	0240	DIPI	1234
DAMI	8765	DEGI	0994	DIBA	9120	DIPO	6543
DAMO	6543	DEHE	0499	DICA	1234	DIRI	7654
DAPA	1234	DEJU	7226	DICO	4321	DISE	4567
DAPE	1570	DEKU	4777	DIDA	5678	DISO	2560

DITE	4567	DOPA	4567	EXJU	0426	FECO	7654
DITU	2345	DOPE	5432	EXKU	6877	FEDA	0270
DIVI	4567	DOPI	9876	EXLA	0925	FEDI	5000
DOBA	8765	DOPO	4321	EXLE	1265	FEDO	5432
DOCA	8765	DORI	9090	EXLI	3925	FEFO	6543
DOCO	8765	DOSE	6543	EXMA	2035	FEGI	1234
DODA	6090	DOSO	6309	EXMI	6908	FEHE	1799
DODI	9876	DOTE	7654	EXMO	3339	FEJU	7717
DOFE	5432	DOTU	9009	EXPA	3469	FEKU	7170
DOFO	8509	DOVI	5190	EXPE	7747	FELA	5432
DOGI	1209	EXBA	7450	EXPI	2350	FELE	1717
DOHE	4567	EXCA	5035	EXPO	5048	FELI	5432
DOJU	6543	EXCO	1450	EXRI	8350	FEMA	4321
DOKU	5432	EXDA	1000	EXSE	8586	FEMI	8765
DOLA	9876	EXDI	9250	EXSO	9456	FEMO	4321
DOLE	7654	EXDO	4209	EXTE	3550	FEPA	1669
DOLI	9876	EXFE	8617	EXTU	6925	FEPE	5678
DOMA	5109	EXFO	5178	EXVI	4450	FEPI	7170
DOMI	4321	EXGI	8035	FEBA	6543	FEPO	7654
DOMO	0739	EXHE	2599	FECA	1234	FERI	3270

FESE	4567	FOMI	5432	GIHE	9499	HECA	5432
FESO	4567	FOMO	1234	GIJU	7326	HECO	9876
FETE	6543	FOPA	7769	GIKU	3877	HEDA	9990
FETU	4321	FOPE	6378	GILA	4567	HEDI	3990
FEVI	0370	FOPI	2780	GILE	8165	HEDO	4567
FOBA	7880	FOPO	5432	GILI	4567	HEFE	1799
FOCA	9876	FORI	8780	GIMA	3994	HEFO	4567
FOCO	4567	FOSE	6543	GIMI	5678	HEGI	9499
FODA	2947	FOSO	7278	GIMO	0339	HEJU	1234
FODI	1234	FOTE	4980	GIPA	0469	HEKU	2345
FODO	8509	FOTU	9968	GIPE	7894	HELA	6543
FOFE	6543	FOVI	4567	GIPI	1050	HELE	4321
FOGI	2178	GIBA	8765	GIPO	9876	HELI	6543
FOHE	4567	GICA	6994	GIRI	7050	HEMA	5432
FOJU	4278	GICO	0150	GISE	5586	HEMI	4567
FOKU	2780	GIDA	9876	GISO	5432	HEMO	5678
FOLA	5678	GIDI	5678	GITE	7894	HEPA	5999
FOLE	8178	GIDO	1209	GITU	7894	HEPE	2345
FOLI	6968	GIFE	1234	GIVI	3150	HEPI	5678
FOMA	9876	GIFO	2178	HEBA	1101	HEPO	4567

HERI	2001	INLI	2195	JUFE	7717	JUVI	7360
HESE	1234	INMA	1295	JUFO	4278	KUBA	5678
HESO	4699	INMI	2018	JUGI	7326	KUCA	0877
HETE	8765	INMO	0439	JUHE	1234	KUCO	8870
HETU	6543	INPA	9469	JUKU	5678	KUDA	4567
HEVI	8001	INPE	3847	JULA	8126	KUDI	2345
INBA	9060	INPI	4950	JULE	5432	KUDO	5432
INCA	4295	INPO	1148	JULI	1226	KUFE	7170
INCO	3060	INRI	0060	JUMA	6543	KUFO	2780
INDA	7950	INSE	5686	JUMI	9876	KUGI	3877
INDI	0950	INSO	5556	JUMO	5432	KUHE	2345
INDO	0309	INTE	5160	JUPA	4321	KUJU	5678
INFE	4717	INTU	5195	JUPE	6847	KULA	1234
INFO	1278	INVI	6060	JUPI	4260	KULE	5678
INGI	7295	JUBA	5432	JUPO	8765	KULI	1234
INHE	8599	JUCA	3326	JURI	6543	KUMA	9340
INJU	6426	JUCO	4360	JUSE	8686	KUMI	7654
INKU	3977	JUDA	7654	JUSO	4321	KUMO	4321
INLA	9095	JUDI	7654	JUTE	5432	KUPA	7669
INLE	3395	JUDO	6543	JUTU	7654	KUPE	9876

KUPI	4239	LALE	5678	LEDO	7654	LETU	9876
KUPO	6543	LALI	6543	LEFE	1717	LEVI	2345
KURI	4567	LAMA	1234	LEFO	8178	LIBA	1234
KUSE	6860	LAMI	2345	LEGI	8165	LICA	2345
KUSO	5678	LAMO	8765	LEHE	4321	LICO	4321
KUTE	9876	LAPA	7654	LEJU	5432	LIDA	9430
KUTU	2345	LAPE	4321	LEKU	5678	LIDI	5432
KUVI	2970	LAPI	5130	LELA	5678	LIDO	9876
LABA	6543	LAPO	4567	LELI	2065	LIFE	5432
LACA	2345	LARI	7654	LEMA	2165	LIFO	6968
LACO	7654	LASE	6543	LEMI	9908	LIGI	4567
LADA	8765	LASO	7654	LEMO	5777	LIHE	6543
LADI	8765	LATE	6543	LEPA	5432	LIJU	1226
LADO	9876	LATU	5432	LEPE	4567	LIKU	1234
LAFE	5432	LAVI	7654	LEPI	1234	LILA	6543
LAFO	5678	LEBA	2345	LEPO	9876	LILE	2065
LAGI	4567	LECA	8765	LERI	1234	LIMA	1234
LAHE	6543	LECO	2345	LESE	1686	LIMI	2345
LAJU	8126	LEDA	1234	LESO	4321	LIMO	8765
LAKU	1234	LEDI	4321	LETE	4567	LIPA	7654

LIPE	9547	MAKU	9340	MIDI	9876	MITE	6543
LIPI	5432	MALA	1234	MIDO	4321	MITU	4567
LIPO	4567	MALE	2165	MIFE	8765	MIVI	7654
LIRI	4321	MALI	1234	MIFO	5432	MOBA	9490
LISE	5432	MAMI	7808	MIGI	5678	MOCA	7654
LISO	6543	MAMO	4239	MIHE	4567	MOCO	3490
LITE	1234	MAPA	3369	MIJU	9876	MODA	6543
LITU	6473	MAPE	1234	MIKU	7654	MODI	6543
LIVI	4321	MAPI	9340	MILA	2345	MODO	0739
MABA	4540	MAPO	6938	MILE	9908	MOFE	4321
MACA	4567	MARI	5432	MILI	2345	MOFO	1234
MACO	8440	MASE	5432	MIMA	7808	MOGI	0339
MADA	5432	MASO	5432	MIMO	1639	MOHE	5678
MADI	6543	MATE	1234	MIPA	2345	MOJU	5432
MADO	5109	MATU	1234	MIPE	8765	MOKU	4321
MAFE	4321	MAVI	1540	MIPI	8765	MOLA	8765
MAFO	9876	MIBA	6280	MIPO	6543	MOLE	5777
MAGI	3994	MICA	5678	MIRI	8765	MOLI	8765
MAHE	5432	MICO	8765	MISE	8765	MOMA	4239
MAJU	6543	MIDA	8765	MISO	9876	MOMI	1639

MOPA	3869	OUJU	3460	PACO	4790	PASE	8569
MOPE	4321	OUKU	8970	PADA	1234	PASO	4321
MOPI	4390	OULA	6543	PADI	1234	PATE	4567
MOPO	4639	OULE	1850	PADO	4567	PATU	7654
MORI	5432	OULI	5630	PAFE	1669	PAVI	2345
MOSE	5432	OUMA	7540	PAFO	7769	PEBA	4670
MOSO	5432	OUMI	9280	PAGI	0469	PECA	2345
MOTE	4321	OUMO	2590	PAHE	5999	PECO	4321
MOTU	8765	OUPA	3890	PAJU	4321	PEDA	1570
MOVI	6490	OUPE	7670	PAKU	7669	PEDI	5432
OUBA	1234	OUPI	3520	PALA	7654	PEDO	5432
OUCA	4567	OUPO	0680	PALE	5432	PEFE	5678
OUCO	2620	OURI	9520	PALI	7654	PEFO	6378
OUDA	6520	OUSE	5070	PAMA	3369	PEGI	7894
OUDI	0520	OUSO	4760	PAMI	2345	PEHE	2345
OUDO	1290	OUTE	3030	PAMO	3869	PEJU	6847
OUFE	6370	OUTU	6930	PAPE	1234	PEKU	9876
OUFO	1980	OUVI	6620	PAPI	1234	PELA	4321
OUGI	9150	PABA	4567	PAPO	2345	PELE	4567
OUHE	4101	PACA	7369	PARI	2345	PELI	9547

PEMA	1234	PIGI	1050	POCA	5678	PORI	5432
PEMI	8765	PIHE	5678	POCO	4321	POSE	7654
PEMO	4321	PIJU	4260	PODA	4480	POSO	8765
PEPA	1234	PIKU	4239	PODI	6543	POTE	1234
PEPI	5432	PILA	5130	PODO	4321	POTU	5678
PEPO	7654	PILE	1234	POFE	7654	POVI	4321
PERI	4321	PILI	5432	POFO	5432	RIBA	8220
PESE	5678	PIMA	9340	POGI	9876	RICA	2345
PESO	4567	PIMI	8765	POHE	4567	RICO	1234
PETE	2345	PIMO	4390	POJU	8765	RIDA	3310
PETU	1234	PIPA	1234	POKU	6543	RIDI	7654
PEVI	1234	PIPE	5432	POLA	4567	RIDO	9090
PIBA	7654	PIPO	5432	POLE	9876	RIFE	3270
PICA	0740	PIRI	7654	POLI	4567	RIFO	8780
PICO	0610	PISE	6860	POMA	6938	RIGI	7050
PIDA	5678	PISO	4321	POMI	6543	RIHE	2001
PIDI	1234	PITE	4567	POMO	4639	RIJU	6543
PIDO	9876	PITU	2345	POPA	2345	RIKU	4567
PIFE	7170	PIVI	1910	POPE	7654	RILA	7654
PIFO	2780	POBA	3000	POPI	5432	RILE	1234

RILI	4321	SEFO	6543	SOBA	1760	SOPI	4321
RIMA	5432	SEGI	5586	SOCA	5432	SOPO	8765
RIMI	8765	SEHE	1234	SOCO	1234	SORI	1234
RIMO	5432	SEJU	8686	SODA	8560	SOSE	2345
RIPA	2345	SEKU	6860	SODI	2560	SOTE	2345
RIPE	4321	SELA	6543	SODO	6309	SOTU	6543
RIPI	7654	SELE	1686	SOFE	4567	SOVI	8660
RIPO	5432	SELI	5432	SOFO	7278	TEBA	0030
RISE	5678	SEMA	5432	SOGI	5432	TECA	5678
RISO	1234	SEMI	8765	SOHE	4699	TECO	5678
RITE	0920	SEMO	5432	SOJU	4321	TEDA	7820
RITU	3830	SEPA	8569	SOKU	5678	TEDI	4567
RIVI	5678	SEPE	5678	SOLA	7654	TEDO	7654
SEBA	9876	SEPI	6860	SOLE	4321	TEFE	6543
SECA	2586	SEPO	7654	SOLI	6543	TEFO	4980
SECO	6960	SERI	5678	SOMA	5432	TEGI	7894
SEDA	9860	SESO	2345	SOMI	9876	TEHE	8765
SEDI	4567	SETE	9876	SOMO	5432	TEJU	5432
SEDO	6543	SETU	5432	SOPA	4321	TEKU	9876
SEFE	4567	SEVI	9960	SOPE	4567	TELA	6543

TELE	4567	TUDA	0830	TUPI	2345	VIJU	7360
TELI	1234	TUDI	2345	TUPO	5678	VIKU	2970
TEMA	1234	TUDO	9009	TURI	3830	VILA	7654
TEMI	6543	TUFE	4321	TUSE	5432	VILE	2345
TEMO	4321	TUFO	9968	TUSO	6543	VILI	4321
TEPA	4567	TUGI	7894	TUTE	5678	VIMA	1540
TEPE	2345	TUHE	6543	TUVI	4567	VIMI	7654
TEPI	4567	TUJU	7654	VIBA	5320	VIMO	6490
TEPO	1234	TUKU	2345	VICA	2840	VIPA	2345
TERI	0920	TULA	5432	VICO	1020	VIPE	1234
TESE	9876	TULE	9876	VIDA	5678	VIPI	1910
TESO	2345	TULI	6473	VIDI	4567	VIPO	4321
TETU	5678	TUMA	1234	VIDO	5190	VIRI	5678
TEVI	5678	TUMI	4567	VIFE	0370	VISE	9960
TUBA	2930	TUMO	8765	VIFO	4567	VISO	8660
TUCA	2345	TUPA	7654	VIGI	3150	VITE	5678
TUCO	4567	TUPE	1234	VIHE	8001	VITU	4567

RÉVÉLATIONS

→ 0030

Vous posez le banc sur l'autel. Pas très pratique…

→ 0060

Pour lire un livre, il faut commencer par l'ouvrir. Ensuite, il faut prendre le temps de bien étudier ce qui y est écrit.

→ 0150

Cette caisse à outils n'est certes pas de première jeunesse, mais n'y a-t-il pas un objet plus pertinent à dérouiller avant de s'attaquer à ce genre de détail ?

→ 0240

Se promener avec du vinaigre. Quel style !

→ 0260

Les médaillons sont déjà ouverts !

→ 0270

La lame de la dague entre dans les fentes, mais sans effet.

→ 0309

Quand une inscription est trop petite, une loupe peut s'avérer très utile. N'avez-vous pas un objet qui pourrait vous aider ?

→ 0339

Si vous tenez absolument à avoir une moto rutilante, libre à vous de la frotter. Mais le temps presse…

→ 0340

Cet autel en marbre pèse une tonne. Bon courage !

→ 0369

Ce passe-partout irait bien dans une serrure, non ?

→ 0370

Verser du vinaigre dans ces fentes ne vous aidera pas.

→ 0426

Ces journaux traitent de sujets ésotériques, de démonologie ou encore de diverses sciences et croyances occultes. Au milieu de ce méli-mélo de mots étranges, un article attire votre attention car il a été annoté. Il concerne les phases lunaires.

Vous ne voyez pas vraiment à quoi cet article pourrait vous servir. Cependant, s'il avait de l'importance pour quelqu'un présent ici, il se peut qu'il soit utile…

ARKHAM SCIENCE

BON À SAVOIR

LES PHASES LUNAIRES

La lune est un astre qui n'émet aucune lumière. Elle n'est visible pour nous que parce qu'elle est éclairée par le Soleil. Comme toute sphère éclairée par une source lumineuse lointaine, la Lune présente toujours une moitié brillante – celle tournée vers le Soleil – et une moitié sombre. C'est la partie éclairée de la Lune, visible pour nous à un moment donné, que nous voyons briller dans le ciel. La Lune suit ainsi quatre phases principales.

Nouvelle Lune Propice aux sacrifices / Offrande à Cthulhu

Lune croissante Période de réflexion / Classement croissant

Pleine Lune Tous les Grands Anciens / Célébration de Cthulhu

Lune décroissante Période d'action / Classement décroissant

→ 0439

Cette moto est en parfait état de marche. En la démarrant, elle pourrait vous permettre de fausser compagnie à vos ravisseurs.

→ 0469

Votre passe-partout ne fonctionnera pas mieux en le frottant. Essayez-le donc dans une serrure.

→ 0475

Maintenant que ces pendentifs sont ouverts, vous devriez chercher à les positionner à un endroit bien précis.

→ 0499

Espériez-vous dégonder cette herse ? C'est peine perdue, elle est solidement fixée.

→ 0520

Vous forcez sur les médaillons et parvenez à les ouvrir l'un après l'autre. À l'intérieur, vous découvrez pour chacun d'eux un symbole cabalistique. Vous connaissez bien ces signes car ils correspondent à ceux qui étaient dans le livre de l'autel. À côté sont inscrits des noms : ce sont probablement ceux des propriétaires de ces bijoux. Voilà une trouvaille très importante. Vous tenez là l'identité de tous les membres de cette terrible secte !

Les pendentifs étant désormais ouverts en deux, vous devrez dorénavant **diviser par 2** les combinaisons obtenues pour toutes les actions les concernant.

→ 0610

Les pinces rouillées proviennent de cette caisse à outils. Voulez-vous vraiment les y remettre ?

→ 0680

Vous entrouvrez lentement la porte, et reconnaissez de l'autre côté le hall d'entrée de la demeure. Il est occupé par plusieurs personnes qui discutent entre elles. Ce sont certainement les membres de cette cruelle secte. Ils sont accueillis par l'homme qui vous a reçu et enfermé. À voir leurs mines satisfaites, ils semblent se délecter par avance de la macabre cérémonie à laquelle ils s'apprêtent à participer. Il n'est pas question de les laisser faire. Vous ne serez pas leur prochaine victime.

Vous refermez délicatement la porte pour ne pas vous faire repérer. Si seulement vous pouviez la bloquer, cela les empêcherait de débouler dans le garage si jamais vous faites du bruit.

→ 0739

Avez-vous vraiment besoin d'un œil de verre pour voir que cette moto est réparée ?

→ 0740

Vous ne parvenez pas à décoincer ces pinces rouillées pour découper le casier à bouteilles. Il faudrait d'abord trouver un moyen de les dérouiller...

➔ 0830

Le monstre que représente cette statue est certes menaçant, mais ce n'est pas la peine de l'attaquer à coups de dague.

➔ 0864

Vous pouvez déplacer ce casier à bouteilles où vous voulez dans cette pièce. Cela peut effectivement vous aider à patienter en attendant votre sacrifice.

➔ 0877

À la force du poignet, vous sectionnez tour à tour les ronds et le cerclage. Peu après, vous tenez enfin en main votre **clé passe-partout** PA.

➔ 0920

Le livre est en principe déjà sur l'autel. Toutefois, si vous l'avez déplacé, vous faites bien de le remettre à sa place.

➔ 0925

Dans la flaque, vous voyez le reflet de votre dos. Vos poignets sont attachés par de solides cordes nouées autour de deux barres métalliques scellées dans le mur. En observant attentivement ce méli-mélo, vous jugez qu'il est possible de le défaire.

Observez bien les cordes et les nœuds qu'elles forment. Dans la position inconfortable où vous vous trouvez, vous ne pouvez que tirer sur les brins numérotés de 1 à 8. À vous d'identifier les quatre brins clés et l'ordre dans lequel il faut les manipuler. Cela vous permettra de composer un code à quatre chiffres où vous devrez vous rendre pour vous libérer.

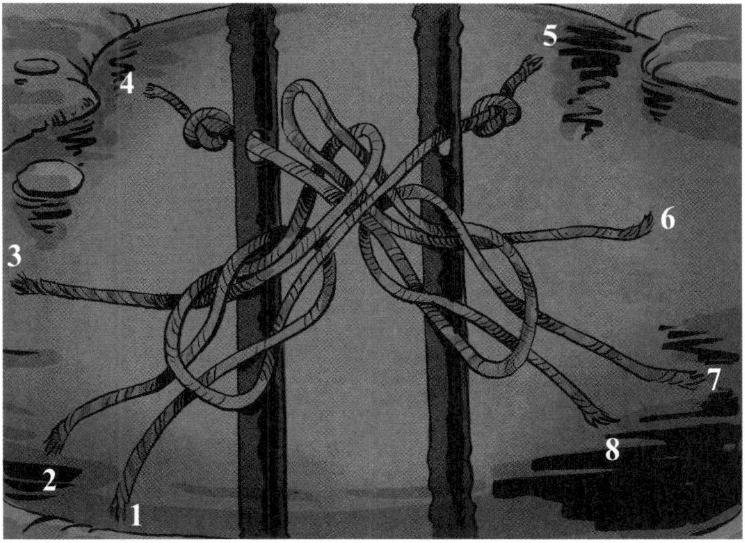

→ 0950

Les médaillons de ces neuf pendentifs sont tous identiques. Ils ressemblent à de grosses pièces qui mériteraient peut-être un examen approfondi.

→ 0994

Vous pouvez poser ces journaux imbibés de vinaigre où bon vous semble. Cependant, il serait plus judicieux de les frotter contre quelque chose.

→ 1000

Tout en triturant la dague, vous vous forcez à ne pas penser aux meurtres odieux qu'elle a pu perpétrer. Sa lame est effilée. Son manche est quant à lui couvert de motifs cabalistiques. À son extrémité, vous remarquez un trou pentagonal au centre d'un petit cylindre dont la périphérie est jalonnée de créneaux. Cela ressemble à une **clé**. Ayant compris cela, notez d'**ajouter 1000** à la prochaine action que vous réaliserez avec cette dague sur un objet muni d'une serrure.

→ 1020

Que voulez-vous faire en versant du vinaigre sur cette caisse ?

→ 1045

Sitôt la combinaison formée, un déclic retentit et la herse s'entrouvre en grinçant. Vous la poussez lentement, de peur que le bruit n'attire vos ravisseurs. Vous inspirez profondément, espérant que la fin de ce terrible cauchemar vous attende en haut, et gravissez prudemment les marches. Rendez-vous en **salle** **S4**.

→ 1050

Vous frottez énergiquement les pinces qui, peu à peu, changent de couleur. Vous insistez jusqu'à vous en faire saigner les doigts. Finalement, vous parvenez à les décoincer. Vous possédez désormais des **pinces coupantes** **KU**.

→ 1101

Défoncer la herse avec le banc est une idée aussi violente qu'inutile.

→ 1140

Vous pouvez poser cette dague où bon vous semble. Cela ne vous avancera à rien.

→ 1148

Une porte non verrouillée, c'est pratique si on souhaite la franchir. Cependant, ceux qui sont de l'autre côté peuvent aussi le faire si on ne la bloque pas.

→ 1209

Cet œil est propre. Il est inutile de le frotter.

→ 1226

Cette bibliothèque est déjà remplie de livres. Toutefois, il reste de la place pour y caser les journaux. Si le cœur vous en dit, allez-y.

→ 1234

Il doit bien y avoir quelque chose de plus logique à faire...

→ 1239

Commencez donc par démarrer cette moto. Vous verrez, en enclenchant une vitesse et en embrayant, elle se déplacera toute seule.

→ 1265

Ce sont des clés ordinaires. Elles peuvent certainement démarrer la moto.

→ 1278

Ce coffre a une serrure pentagonale. Seule une clé similaire permettrait de l'ouvrir.

→ 1290

Cet œil de verre ne s'ouvre pas. Ce n'est pas grave, vous pouvez voir à travers.

→ 1295

Si on veut utiliser une moto en panne, il faut commencer par l'examiner et la réparer.

→ 1450

Cette caisse à outils est toute rouillée et le guéridon sur lequel elle est posée est rongé par les termites.

→ 1540

Verser du vinaigre sur cette moto est inutile.

→ 1570

Vous posez la dague au milieu du pentagramme. Et après ? Vous comptez la faire tourner en espérant qu'elle vous indiquera la sortie ?

→ 1639

Pour franchir ce portail au guidon de cet engin, il suffit de l'ouvrir et de démarrer la moto.

→ 1669

Votre passe-partout a beau passer dans les fentes, il n'a aucun effet.

→ 1686

Cette clé ne correspond pas à la serrure de cette porte.

→ 1717

La clé peut rentrer dans chacune des neuf fentes. Cependant, n'oubliez pas qu'il s'agit d'une clé de moto.

→ 1734

Est-ce que pousser une moto en panne est bien utile dans votre cas ?

→ 1760

Si vous tenez vraiment à poser les soutanes sur ce banc, pourquoi ne les déplacez-vous pas ?

→ 1799

Les fentes sont aménagées dans le boîtier servant à la fermeture de la herse. Cette combinaison n'a pas de sens.

→ 1850

Ne cherchez pas à ouvrir cette clé, elle n'a pas de pile.

→ 1910

Se contenter de verser du vinaigre sur ces pinces est insuffisant pour les dérouiller. Les frotter serait peut-être plus efficace.

→ 1980

Malgré vos efforts, le couvercle du coffre ne bouge pas d'un pouce. Sans la clé adéquate, il n'y a aucune chance de l'ouvrir.

→ 1995

Il y a de l'idée. Toutefois, il y a peut-être un endroit particulier de cette herse où pourraient se loger ces pendentifs.

→ 2001

Le livre passe entre les barreaux de la herse, mais pas vous.

→ 2018

Ce portail de garage est tout ce qu'il y a de plus banal. Il s'ouvre sur l'extérieur.

→ 2035

La moto n'est pas en état de rouler. Sa boîte de vitesses est ouverte, et des engrenages sont posés sur le sol aux côtés d'une clé à molette. Même si la mécanique n'est pas votre fort, vous avez bien conscience que votre liberté passe par la réparation de ce véhicule.

Examinez bien le schéma de la boîte de vitesses. Il s'agit de positionner les bons engrenages aux emplacements A, B, C et D, en respectant les développements indiqués. Les nombres de dents des engrenages (nombres en vert) vous seront très utiles. Chaque étage de réduction correspond au rapport des dents du couple d'engrenages. Par exemple, pour avoir le développement de 3, le rapport 27/18 donne

1,5 et, en sortie, le rapport commun 36/18 donne toujours 2 ; ce qui donne bien un développement global de 1,5 × 2 = 3 entre l'entrée et la sortie.

Les chiffres correspondant aux engrenages correctement positionnés vous fourniront le code qui validera votre réparation.

→ 2065

Attention, poser sa clé dans une bibliothèque est le meilleur moyen de la perdre !

→ 2078

Vous déplacez le coffre, mais rien ne se trouve derrière ou en dessous.

→ 2109

L'œil de cette statue est solidement serti. Il ne peut pas être déplacé.

→ 2165

La clé est bien celle de cette moto. Cependant, vous ne parvenez pas à la démarrer. Il faudrait commencer par l'examiner et la réparer si vous voulez vous en servir.

→ 2178

Ce coffre n'est pas rouillé. Il est inutile de le frotter ainsi.

→ 2195

Une si grande bibliothèque dans un temple occulte cache certainement un compartiment secret. En l'examinant attentivement, vous pourriez peut-être le trouver…

→ 2345

Êtes-vous sûr de vouloir perdre du temps à essayer ça ?

→ 2350

En manipulant les pinces, vous avez la désagréable surprise de constater qu'elles sont inutilisables en l'état. Elles sont en effet complètement bloquées par la rouille.

→ 2500

Vous glissez un à un les médaillons ouverts dans les fentes. Ils y entrent parfaitement, et provoquent un petit déclic en bout de course. Une fois le neuvième bijou inséré, le bloc métallique s'ouvre.

Il dévoile une serrure à roulettes chiffrées au-dessus desquelles figurent deux symboles. Correspondraient-ils à des indications permettant de trouver la bonne combinaison ? En tout cas, votre liberté passe par ce code.

Si vous avez besoin d'un indice pour résoudre cette énigme, rendez-vous au paragraphe **8124**.

→ 2520

Ces pendentifs ouverts peuvent être déplacés où vous le souhaitez. Cependant, il serait plus judicieux de les positionner à un endroit logique.

→ 2560

Les pendentifs étaient cachés derrière ces soutanes. Ne croyez-vous pas qu'il y a mieux à faire ?

→ 2586

Même en y mettant toute l'énergie du désespoir, ce casier ne rentrera pas dans la serrure. Néanmoins, si vous le découpiez habilement, vous pourriez peut-être en extraire une clé de fortune.

→ 2590

Êtes-vous sûr de vouloir faire cela ? Vous venez à peine de refermer la boîte de vitesses !

→ 2599

La herse est d'une solidité à toute épreuve. Vous agrippez nerveusement ses barreaux, et observez ce qui se trouve de l'autre côté. C'est un étroit escalier qui grimpe droit vers une porte sous laquelle passe un trait de lumière. Serait-ce la sortie ?

Sur la herse, vous remarquez un boîtier dans lequel **neuf fentes** **FE** comparables à celles du monnayeur d'un distributeur de boissons sont aménagées. Dommage que vous n'ayez pas de pièces sous la main. Ces fentes doivent certainement faire office de serrure.

→ 2620

À peine avez-vous effleuré le couvercle que le guéridon s'écroule. La boîte tombe par terre en faisant un vacarme de tous les diables. Votre cœur s'emballe. Vous restez immobile, écoutant tout ce qui se passe de l'autre côté de la porte. Heureusement, personne ne vient.

Après quelques exercices respiratoires, vous reprenez votre calme et observez le sol. Des outils en tous genres se sont éparpillés. Ils sont dans un état lamentable. La plupart sont tordus, cassés ou rongés par la corrosion. Seules des **pinces coupantes rouillées** **PI** encore entières attirent votre attention.

→ 2780

Que voulez-vous faire avec des pinces sur ce coffre ?

→ 2840

La bouteille de vinaigre provient de ce casier. Vous pouvez effectivement l'y ranger à nouveau si vous n'aimez pas le désordre.

➜ 2930

Poser le banc contre la statue ne vous aidera pas, sauf si vous voulez vous reposer devant une créature monstrueuse.

➜ 2947

La lame de la dague entre dans la serrure. Malheureusement, même en la tournant dans tous les sens, il est impossible de faire fonctionner le mécanisme. Vous n'êtes pas un champion du crochetage de serrure et en vous y prenant ainsi, vous ne risquez pas de le devenir. Avez-vous bien examiné cette dague ?

➜ 2970

Vous avez déjà décoincé ces pinces, pourquoi rajouter du vinaigre ?

➜ 3000

Il est toujours bon d'assurer ses arrières. Vous redescendez dans le vestiaire, saisissez le banc, et le remontez péniblement dans l'escalier. Vous le coincez alors en diagonale sous la poignée de la porte. Voilà une barricade solide qui devrait empêcher les occupants du hall de venir dans le garage lorsque vous ferez du bruit. **Ajoutez 3000** au nombre qui vous sera indiqué **lorsque vous démarrerez la moto**.

➜ 3030

Cet autel est fait de marbre massif. Il est impossible de l'ouvrir.

→ 3060

Il y a de grandes chances pour que cette caisse à outils contienne des outils.

→ 3150

Il est inutile de rajouter du vinaigre sur ces journaux. Gardez-en dans la bouteille, on ne sait jamais.

→ 3240

Même s'il est relativement lourd, ce banc peut être déplacé assez facilement. Cependant, il faut savoir à quel endroit vous voulez le placer. Pour le poser au niveau d'un objet en particulier, combinez le code du banc avec celui de l'élément voulu pour les utiliser ensemble.

→ 3270

Le livre ne rentre pas dans les fentes. À la limite, vous pouvez y glisser quelques coins de pages, mais cela ne vous avancera à rien.

→ 3310

Vous pouvez planter la dague dans le livre, ou même vous en servir de marque-page. Penchez-vous un peu plus sur ces deux objets et vous trouverez certainement mieux à faire.

→ 3326

Pourquoi vouloir mettre ces journaux dans ce casier ?

→ 3339

Grâce à vos efforts, cette moto est en parfait état de marche.

→ 3369

Votre passe-partout ne réparera pas cette moto.

→ 3395

Une clé de moto, cela sert généralement à démarrer une moto.

→ 3460

Vous pouvez ouvrir tous les journaux qui sont devant vous. Cependant, il serait plus utile de les examiner.

→ 3469

Oui, vous avez bien fabriqué un passe-partout. Cessez de le contempler et utilisez-le.

→ 3490

Cette moto est en parfait état de marche. Plus besoin d'outils pour partir avec !

→ 3520

Le problème est justement là : ces pinces sont tellement rouillées qu'elles sont bloquées.

→ 3550

Cet autel de marbre noir fait froid dans le dos. Sa surface supérieure est en effet munie d'une rigole qui en fait le tour pour déboucher sur un petit orifice. Cela vous rappelle la planche à découper de votre cuisine. Combien de malheureuses victimes ont été sacrifiées ici ? Une **dague** **DA** et un **livre** **RI** sont posés dessus. Ces objets sont vraisemblablement utilisés pour les exécutions sanglantes qui ont lieu dans ce temple. Vous vous sentez de plus en plus mal à l'aise…

→ 3808

Avant de démonter ce portail, ne serait-il pas plus logique de l'ouvrir ?

→ 3830

En plus d'être horrible, cette statue ne sait pas lire. Évitez de perdre du temps avec des actions inutiles.

→ 3841

Vous poussez la statue de toutes vos forces et dans tous les sens, mais rien ne bouge. Pourtant, votre sixième sens vous dit que ce monstre de pierre cache une issue secrète. Peut-être est-il bloqué par quelque chose ?

→ 3869

Votre passe-partout ne permet pas de démarrer la moto. Avez-vous bien cherché si une clé ne se trouve pas quelque part dans ce garage ?

→ 3877

Vous avez déjà frotté ces pinces pour les dérouiller. Servez-vous-en pour découper quelque chose, par exemple.

→ 3890

Un passe-partout ne s'ouvre pas, il sert à ouvrir. Seriez-vous en train de sombrer dans la folie ?

→ 3925

Cette bibliothèque finement sculptée est aussi majestueuse qu'effrayante. Sa taille colossale impose en effet le respect, mais le contenu de ses rayonnages n'est qu'une ribambelle d'ouvrages dérangeants et pernicieux. À en juger par les titres qui s'étalent devant vos yeux, il y a là de quoi perdre la raison. Quelque peu dérouté, vous en manquez presque l'essentiel : des charnières sont alignées le long d'un montant. Cette bibliothèque cache quelque chose.

→ 3938

Vous voulez extraire cette porte de ses gonds ? Remarquez, ce serait pratique pour faire un duplex hall-garage.

→ 3947

L'extrémité du manche de la dague s'insère parfaitement dans l'orifice. Vous déverrouillez la serrure et ouvrez le coffre. À l'intérieur, vous découvrez une dizaine de documents d'identité et de portefeuilles. Vous reconnaissez également vos propres affaires. C'est donc là que ces fous rassemblent les objets intimes de leurs victimes. Malheureusement, il n'y a aucun téléphone pour donner l'alerte.

Après avoir récupéré vos biens, vous vous empressez de collecter suffisamment de documents pour identifier les malheureux qui ont terminé leur vie ici. Le pire, c'est que pour leurs familles, ils doivent certainement être portés disparus. Au fond du coffre, vous trouvez également une note manuscrite.

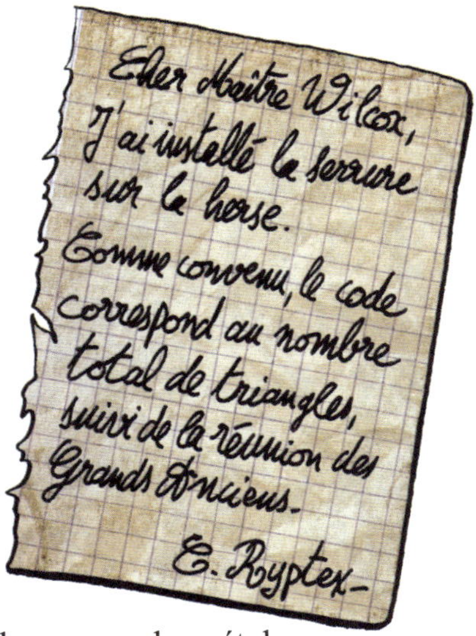

→ 3977

Maintenant qu'elles sont débloquées, ces pinces sont capables de couper du métal.

→ 3990

Il y a de l'idée. Toutefois, il y a peut-être un endroit particulier de cette herse où pourraient se loger ces pendentifs.

→ 3994

Ce n'est pas en briquant cette moto que vous la réparerez. Examinez-la bien.

→ 4101

Bravo, c'est exactement comme cela que cette herse fonctionne. Seulement, si vous voulez l'ouvrir, il faut déverrouiller sa serrure.

→ 4140

La place de ce livre est sur l'autel. Toutefois, rien ne vous empêche de le ranger dans la bibliothèque ou même ailleurs.

→ 4167

Après avoir inspiré profondément pour atténuer votre stress, vous démarrez la moto. Elle vrombit instantanément, produisant un vacarme assourdissant.

Aussitôt, la porte s'ouvre à la volée et des hommes font irruption dans le garage. Avant que vous n'ayez pu enclencher la première vitesse, ils vous sautent dessus et vous désarçonnent.

Vous tombez lourdement sur le béton froid comme la mort. Cette fois, il n'y a plus aucun espoir d'échapper à votre destin. Vous allez être sacrifié en offrande à Cthulhu. Quel dommage, vous étiez si près du but...

→ 4209

Il y a bien des inscriptions dans cet œil de verre. Malheureusement, elles sont bien trop petites pour être déchiffrées. Une loupe vous serait bien utile.

→ 4239

Combiner un objet avec lui-même, c'est démentiel !

→ 4260

Frotter les journaux sur ces pinces enlève un peu de rouille, mais pas suffisamment pour les décoincer. Il serait plus efficace d'imbiber les feuilles avec un liquide dégrippant.

→ 4278

Si vous voulez ranger les journaux dans le coffre, avez-vous au moins commencé par l'ouvrir ?

→ 4295

Ce casier à bouteilles est composé de ronds et d'un cerclage plat. Est-ce qu'une clé ne pourrait pas y être découpée ?

→ 4321

Ça n'a absolument aucun sens !

→ 4360

Que voulez-vous faire en combinant les journaux et la boîte, un paquet cadeau ?

→ 4390

Cette moto fonctionne désormais. N'allez pas la saboter avec des pinces.

→ 4450

Cette bouteille est pleine de vinaigre blanc. Vous pouvez l'ouvrir, la fermer et même voir à travers !

→ 4480

Vous pouvez toujours graver « au secours » sur cette porte, mais il y a peut-être mieux à faire…

→ 4540

Même posée sur un banc, cette moto restera en panne.

→ 4567

Gardez les pieds sur terre et tentez plutôt quelque chose de sensé.

→ 4625

Les neufs pendentifs sont désormais ouverts.

→ 4639

Défoncer la porte avec cet engin n'est pas forcément la meilleure idée qui soit. C'est une moto tout terrain, pas un bélier !

→ 4670

Sombrez-vous déjà dans la démence ? Succombant à une soudaine envie de temple staging, vous posez le banc sur le pentagramme. Quand vous aurez terminé de refaire la décoration, n'oubliez pas de sortir.

→ 4699

Coincer les soutanes dans la grille ne la fera pas s'ouvrir. Examinez bien ces deux objets.

→ 4717

Avec leurs formes rectangulaires élancées, les neuf fentes de la serrure de cette herse sont de toute évidence destinées à recevoir des pièces ou des médailles. Tiens tiens, cela correspond justement au nombre de soutanes suspendues le long des murs. Peut-être faudrait-il s'y intéresser…

→ 4760

Que voulez-vous faire par là, les déchirer ?

→ 4777

Vous pouvez poser ces pinces où vous le souhaitez, mais cela ne vous avancera guère.

→ 4790

La caisse à outils est déjà ouverte. Ne serait-il pas plus judicieux d'utiliser votre passe-partout sur une serrure ?

→ 4950

Ces pinces sont bloquées par la rouille. Pour pouvoir vous en servir, il faut commencer par les dérouiller un bon coup en les frottant avec un produit efficace.

→ 4980

Poser le coffre sur l'autel est une perte de temps.

→ 5000

Vous faites logiquement le rapprochement entre les pendentifs et le mécanisme de la herse, et vous cherchez à insérer les médaillons dans les fentes. Malheureusement, ils semblent tous deux fois trop épais.

→ 5035

Même s'il a été malmené par le temps, ce vieux casier à bouteilles est de belle facture. Entièrement métallique, il est composé d'une armature en ronds cintrés ceinturée par un épais cerclage plat. Il ne contient qu'une bouteille transparente qui est pleine de **vinaigre blanc** VI.

→ 5040

Ces pendentifs peuvent être déplacés où vous le souhaitez. Cependant, il serait plus judicieux de les positionner à un endroit logique.

→ 5048

Une fois n'est pas coutume, cette porte n'est pas verrouillée. De l'autre côté, vous entendez des voix, dont celle de l'homme qui vous a reçu et enfermé. Ce n'est pas par-là que vous pourrez quitter cette demeure.

→ 5070

C'est tentant, n'est-ce pas ? Cependant, pour ouvrir une serrure, il faut la combiner avec une clé ou un équivalent.

→ 5109

Avez-vous vraiment besoin d'un œil de verre pour voir que cette moto est en panne ?

→ 5130

Ce n'est pas avec de l'eau qu'on dérouille du métal.

→ 5160

Un autel servant à pratiquer des sacrifices n'est guère rassurant. En tout cas, vous n'avez aucune envie de vous allonger dessus. Toutefois, il se peut que des objets utiles y soient posés.

➜ 5178

Ce coffre est rustique et très solide. Sa seule particularité correspond à sa serrure. Elle est pentagonale.

➜ 5190

Comme la bouteille contient encore du vinaigre, elle peut faire office de loupe de fortune. Vous la placez devant l'œil de la statue et parvenez à mieux discerner ce qui y est inscrit.

Il s'agit d'un ensemble composé de quatre symboles cabalistiques autour d'un croissant de lune. Cela a toutes les apparences d'un code. Peut-être s'agit-il de la clé pour sortir de ce temple. Toutefois, il faut comprendre la signification de cet étrange langage.

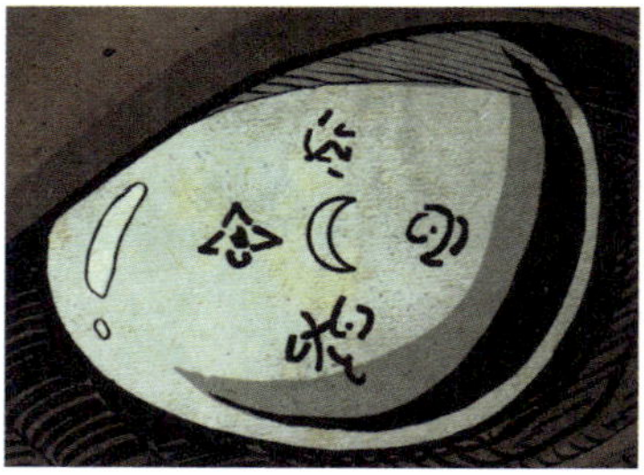

➜ 5195

Une statue est certes décorative, quoique dans le cas présent, elle est d'un goût douteux. Mais il arrive parfois qu'elle cache quelque chose ou que des détails intéressants y soient gravés. Il faut s'y intéresser de près.

➜ 5220

Vous plantez la dague dans le banc. Pourquoi pas, si cela vous défoule.

→ 5320

Pourquoi poser la bouteille de vinaigre sur le banc, hein ?

→ 5432

C’est vraiment tiré par les tentacules...

→ 5517

Ces fentes ne se déplacent pas.

→ 5556

Il faut peut-être examiner de plus près ces soutanes.

→ 5586

La serrure n’est pas rouillée. Il vous faudrait un passe-partout.

→ 5630

Après quelques tentatives, vous faites pivoter une partie de la bibliothèque et un papier déchiré s’échappe d’un rayonnage :

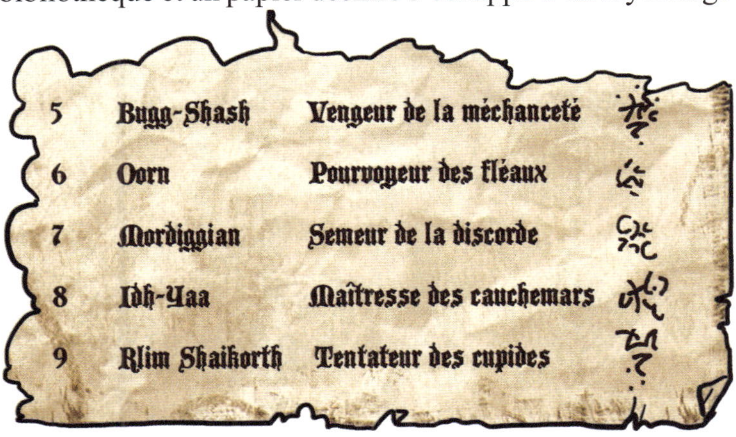

5	Bugg-Shash	Vengeur de la méchanceté	
6	Oorn	Pourvoyeur des fléaux	
7	Mordiggian	Semeur de la discorde	
8	Idh-Yaa	Maîtresse des cauchemars	
9	Rlim Shaikorth	Tentateur des cupides	

Puis, derrière le pan de bibliothèque entrouvert, vous découvrez un robuste **coffre** **F0** niché dans une alcôve. Il est muni d'une serrure ronde au milieu de laquelle se trouve un téton pentagonal. Que peut-il contenir et surtout, quelle clé pourrait donc l'ouvrir ?

➜ 5647

Ce pentagramme est gravé dans le sol. Il est impossible de le déplacer.

➜ 5678

De mémoire de Grand Ancien, on n'a jamais rien vu d'aussi absurde.

➜ 5686

En principe, une serrure est faite pour recevoir une clé. Cependant, un passe-partout, même rudimentaire, peut faire l'affaire.

➜ 5777

Vous insérez la clé et mettez le contact. Les voyants s'allument. Tout semble être en parfait état de marche. Si vous êtes certain de vouloir démarrer la moto en l'état, rendez-vous au paragraphe **4167**.

➜ 5841

Vous appuyez de toutes vos forces sur la statue. Elle se met à glisser le long du mur, et dévoile un passage. Bravo, vous avez enfin trouvé une issue à ce temple ! Vous pouvez vous rendre en **salle S3**.

→ 5999

Votre passe-partout ne sert à rien sur cette herse. L'avez-vous bien examinée ?

→ 6060

Votre grand-mère utilisait le vinaigre blanc pour détartrer le lavabo et enlever la rouille. De plus, une bouteille transparente, contenant un liquide qui l'est tout autant, peut faire office de loupe quand on regarde à travers.

→ 6090

Vouloir planter la dague dans l'œil de ce monstre est tentant, mais cela ne vous avancera à rien, d'autant qu'il est en verre.

→ 6280

Avant de vouloir défoncer le portail avec ce banc, avez-vous au moins essayé de l'ouvrir ?

→ 6309

Cette statue est dérangeante, certes. Mais son œil de verre vous perturbe-t-il au point de vouloir le couvrir avec les soutanes ?

→ 6341

Les engrenages s'insèrent parfaitement. Après un dernier tour de clé, vous refermez la boîte de vitesses avec la satisfaction du travail bien fait. Félicitations, vous voici devant une **moto** **MO** **en parfait état de marche**.

→ 6370

Ne vous donnez pas tant de peine, ces fentes sont déjà ouvertes. Vous pouvez même y introduire quelque chose.

→ 6378

Vous posez le coffre au milieu du pentagramme, et rien ne se passe.

→ 6426

En principe, des journaux sont faits pour être lus. Parfois, ils peuvent aussi servir à frotter des objets.

→ 6435

Sitôt détaché du mur et les mains libres, vous vous empressez de défaire les liens de vos chevilles. Vous vous relevez péniblement, le dos en compote. Debout au milieu de la pièce, vous avez enfin la possibilité d'accéder aux divers objets qui s'y trouvent. Il y a une porte munie d'une **vieille serrure** **SE**, une **caisse à outils** **CO**, un **casier à bouteille** **CA**, et des **journaux** **JU**.

→ 6473

La bibliothèque est déjà juste à côté de la statue. Que voulez-vous faire de plus ? La renverser dessus ?

→ 6486

Ce n'est pas comme cela que l'on se sert d'une serrure.

→ 6490

Cette moto fonctionne à l'essence, pas au vinaigre. De plus, le réservoir est déjà plein.

→ 6520

Cette dague ne s'ouvre pas. Cependant, elle peut éventuellement ouvrir quelque chose, pour peu qu'on l'examine de près.

→ 6543

Dans un rêve ou un cauchemar, pourquoi pas. Mais dans votre intérêt, il vaut mieux oublier ça.

→ 6620

Vous pouvez bien entendu ouvrir et même refermer cette bouteille, même si cela ne vous avance pas à grand-chose.

→ 6847

Voulez-vous cacher le pentagramme en y étalant des journaux ? Il y a peut-être mieux à faire, vous ne croyez pas ?

→ 6860

Les pinces n'entrent pas dans la serrure.

→ 6877

Maintenant qu'elles sont dérouillées, ces pinces coupantes fonctionnent parfaitement.

→ 6908

Ce portail s'ouvre en accordéon. Il n'a pas l'air verrouillé. Il donne certainement sur l'extérieur.

→ 6925

Cette statue est si effrayante que le seul fait de l'approcher implique une bonne dose de courage. Une étrange inscription est gravée sur son socle « Dans sa demeure de R'lyeh la morte, Cthulhu rêve et attend. » Vous examinez ce personnage sous toutes ses coutures, et finissez par vous intéresser à un de ses **yeux de verre** D0. Il semble que quelque chose soit inscrit à l'intérieur.

→ 6930

Cette statue ne s'ouvre pas.

→ 6938

Poser cette moto contre cette porte permettrait de la bloquer, mais vous priverait d'un véhicule potentiellement utile.

→ 6960

Une serrure ne s'ouvre pas avec une caisse à outils. Parfois, on peut y parvenir avec un outil, mais c'est encore mieux d'utiliser une clé.

→ 6968

Le coffre est déjà dans la bibliothèque. Êtes-vous perdu devant cet étalage de connaissances occultes ?

→ 6994

Ce casier n'est certes pas de première jeunesse, mais n'y a-t-il pas un objet plus pertinent à dérouiller avant de s'attaquer à ce genre de détail ?

→ 7050

Ce livre n'est pas rouillé. Pourquoi vouloir le frotter avec vos journaux dégrippants ?

→ 7170

Ces pinces sont trop grosses pour rentrer dans ces fentes.

→ 7226

Vous pouvez déplacer ces journaux où vous le souhaitez, mais cela ne résoudra pas votre problème.

→ 7278

Ranger les soutanes dans ce coffre ne servira à rien. Examinez-les bien.

→ 7295

Du papier journal imbibé de vinaigre peut permettre d'enlever de la rouille en frottant énergiquement.

→ 7326

Cette idée de frotter des journaux secs avec des journaux imbibés de vinaigre est déconcertante. Est-ce l'enfermement qui commence à vous faire perdre la raison ?

→ 7360

Ainsi imbibées de vinaigre, ces feuilles de journaux constituent des **abrasifs dégrippants** GI acceptables.

→ 7369

Vous semblez fatigué. Vous venez de fabriquer un passe-partout à partir de ce casier à bouteilles. Rappelez-vous…

→ 7450

Ce banc est robuste et finement sculpté de motifs cabalistiques. Il n'est pas fixé au sol et peut être facilement déplacé et même porté.

→ 7531

Suivant scrupuleusement l'ordre indiqué dans l'œil de la statue, vous enfoncez successivement les symboles du pentagramme dédiés, d'après le *Necronomicon*, aux Grands Anciens Idh-Yaa, Oorn, Atlach-Nacha et Zoth-Ommog.

Sitôt la dernière dalle enfoncée, vous entendez un bruit sourd provenant de la statue. Auriez-vous débloqué un passage ? Dorénavant, vous devrez **ajouter 2000** lorsque vous essayerez de **déplacer la statue**.

→ 7540

Cette moto est déjà bien assez ouverte comme cela. N'en faites pas un puzzle !

→ 7654

Quel monstre vous trotte dans la tête pour imaginer une telle chose ?

→ 7669

Vous venez de fabriquer ce passe-partout avec ces pinces. Concentrez-vous un peu.

→ 7670

Vous avez beau ramper sur le sol et triturer toutes les rainures tel un forcené, le pentagramme ne s'ouvre pas.

→ 7717

Vous glissez les journaux dans les fentes, et n'obtenez aucun résultat. Est-ce que cela vous étonne ?

→ 7747

En observant attentivement le pentagramme, vous remarquez que les runes disposées sur le pourtour du symbole peuvent être enfoncées dans le sol. Il s'agit certainement d'une serrure secrète ! Lorsque vous aurez découvert le code permettant de sortir du temple, vous devrez **retirer 1111** à cette combinaison, pour matérialiser l'**abaissement de ces dalles**.

→ 7769

Votre passe-partout n'entre pas dans la serrure du coffre.

→ 7808

Poser cette moto contre le portail ne la réparera pas.

→ 7820
La dague était déjà posée sur l'autel lorsque vous l'avez trouvée.

→ 7880
Que vous posiez le coffre sur le banc ou le banc sur le coffre, cela ne vous aidera pas.

→ 7894
Pourquoi pas faire le ménage tant que vous y êtes ?

→ 7950
Cette dague a une lame effilée et son manche est finement ouvragé. Aurait-elle une autre fonction que celle d'assassiner d'innocentes victimes ? Il faudrait peut-être l'examiner…

→ 8001
Ce n'est pas en versant du vinaigre sur la herse que vous l'ouvrirez. Commencez donc par bien l'examiner.

→ 8035
Vous tenez en main du papier journal imbibé de vinaigre. Est-ce que cela vous étonne ?

→ 8040
Vous pouvez poser ces pinces rouillées où vous le souhaitez. Cela ne vous avancera guère.

→ 8065

Ces clés peuvent être posées où vous le voulez. Toutefois, leur place est peut-être sur le contact de la moto.

→ 8124

Pour résoudre cette énigme, une note signée C. Ryptex est indispensable ! Une fois cette feuille découverte, il ne vous restera plus qu'à compter les triangles et à symboliser la réunion des Grands Anciens par une simple addition.

→ 8126

Assécher la flaque d'eau ne vous avancera à rien, vu qu'il pleut toujours des cordes dehors. Il peut cependant être utile de mouiller les journaux, mais peut-être pas avec de l'eau...

→ 8165

La clé n'est pas rouillée. Il est inutile de la frotter ainsi.

→ 8178

Cette clé de moto n'entre pas dans la serrure du coffre.

→ 8220

Vous posez le livre sur le banc. Pourquoi pas, si cela vous fait plaisir.

→ 8350

Avec sa reliure en cuir rehaussée de dorures représentant des symboles cabalistiques, ce livre a des allures de grimoire. Il doit être très important pour ceux qui se rassemblent dans ce temple. Un unique mot est inscrit sur sa couverture : *Necronomicon.*

→ 8440

Vous n'avez pas besoin d'outils supplémentaires pour réparer cette moto. Examinez-la attentivement.

→ 8509

Quelle serait l'idée ? Lancer le coffre sur l'œil de la statue ? Reprenez votre calme et faites un choix plus judicieux.

→ 8560

Voulez-vous vraiment découper ces soutanes en lambeaux ?

→ 8569

Votre passe-partout entre dans la serrure. Après quelques tentatives infructueuses, vous parvenez enfin à le faire tourner. Lorsque le déclic se fait entendre, vous soufflez un grand coup, soulagé par cette réussite. Bravo, vous avez déverrouillé la porte de la cave. Vous êtes désormais libre de vous rendre dans la **salle** **S2**.

→ 8586

L'œil collé au trou de la serrure, vous constatez que la clé n'est pas engagée dedans. Il n'y a donc aucune chance de la récupérer de quelque manière que ce soit. Cependant, le mécanisme a l'air simple. Un passe-partout rudimentaire, semblable à celui que vous utilisiez lorsque vous étiez lycéen, pour entrer dans la réserve de la cantine devrait fonctionner. Malheureusement, nous n'en avez pas. Serait-il possible d'en fabriquer un dans cette cave moisie ?

→ 8599

Un examen approfondi de la herse devrait vous permettre de dénicher une serrure ou un mécanisme d'ouverture quelconque.

→ 8617

Ces neuf fentes aménagées dans le boîtier de la herse sont parfaitement identiques et alignées. C'est la seule particularité que vous remarquez.

→ 8642

Ce code semble bien correspondre au schéma que vous avez vu dans l'œil de la statue. Cependant, ce n'est pas en le prononçant ou en le pensant qu'il servira à quelque chose. Il faudrait trouver un objet ou un endroit où vous pourriez l'appliquer…

→ 8660

Comptez-vous vraiment laver ces soutanes avec du vinaigre ?

→ 8686

Ce n'est pas en bourrant la serrure de journaux que vous ouvrirez cette porte. Cependant, si vous craignez les courants d'air, glissez-en également dessous.

→ 8765

Allons, ressaisissez-vous et trouvez une idée moins tordue !

→ 8777

Après avoir inspiré profondément, vous démarrez la moto. Elle vrombit, produisant un vacarme assourdissant. Aussitôt, des coups se font entendre sur la porte que vous avez heureusement pris soin de bloquer avec le banc. Ceux qui sont de l'autre côté tentent en vain de l'ouvrir. Vous relevez la béquille, enclenchez la première vitesse et accélérez. En un instant, vous voilà sous la pluie.

Après un virage en dérapage au pied d'un haut mur jonché de lierre, vous vous lancez à pleine vitesse vers la cour d'entrée. Ceux qui s'y trouvent plongent lâchement dans la boue pour sauver leur peau, et ceux qui sont dans la maison n'ont que le temps de sortir sur le perron pour vous maudire en gesticulant.

Comme habité, vous ne pouvez retenir un fou rire dément en leur faussant compagnie. Bravo, il ne vous reste plus qu'à découvrir la **conclusion** de votre aventure à la fin du livre !

→ 8780

Poser le livre sur ou sous le coffre est une perte de temps.

→ 8870

Après toute la peine que vous êtes donnée pour remettre ces pinces en état, êtes-vous sûr de vouloir les ranger dans la caisse à outils ?

→ 8970

Vous ouvrez, fermez, rouvrez et refermez ces pinces avec une facilité déconcertante. Bravo, vous avez compris comment elles fonctionnent !

→ 9009

Cet œil est déjà serti dans la statue. L'avez-vous bien examiné ?

→ 9060

Ce banc n'étant pas fixé au sol, il peut être déplacé sans difficulté.

→ 9090

Vous approchez le livre de l'œil et voyez son reflet.

→ 9095

Une flaque d'eau, ça mouille. Mais cela peut aussi servir de miroir.

→ 9120

Vous posez les pendentifs sur le banc. Il y en a bien neuf.

→ 9150

Vous pouvez l'ouvrir, le froisser, le plier, cela restera du papier journal imbibé de vinaigre.

→ 9250

En examinant attentivement les pendentifs, vous remarquez une fine rainure au milieu de l'épaisseur des médaillons. Ils semblent pouvoir s'ouvrir.

→ 9280

Vous ouvrez le portail en accordéon en faisant le moins de bruit possible. L'air frais emplit vos poumons et une pluie vivifiante vous trempe en un clin d'œil. Peu importe, la sortie est là, juste devant vous. Vous faites quelques pas prudents sous les trombes d'eau, espérant en avoir enfin terminé avec ce cauchemar. Mais vous déchantez vite. L'unique passage vers la liberté passe par la cour d'entrée où des voitures et des gens sont rassemblés. Ils sont tous venus pour pratiquer leur infâme culte, pour vous sacrifier. Par chance, ils ne vous ont pas remarqué. À pied, vous n'avez aucune chance. La seule solution est de forcer le passage au guidon de la moto qui est dans le garage. Résigné, vous rebroussez donc chemin. En franchissant de nouveau le seuil du portail, vous remarquez une **clé** LE qui pend à un clou sur le mur. Elle porte la même marque que celle de la moto. Enfin une bonne nouvelle !

→ 9340

Ce n'est pas avec des pinces que vous réparerez cette moto.

→ 9430

Vous plantez la dague dans la bibliothèque. Ça vous défoule ?

→ 9456

Les soutanes sont accrochées à des porte-manteaux à l'effigie de créatures aussi improbables qu'effrayantes. Ces vêtements servent certainement pour pratiquer des rites cruels.

En décrochant une de ces délicates étoffes de soie, vous entendez un tintement. Un pendentif en or se balance devant vos yeux. Sur la médaille, vous apercevez sur une face une tête tentaculaire identique à la statue et sur l'autre face un pentagramme semblable à celui du temple. Vous décrochez aussitôt les autres soutanes, et découvrez derrière chacune d'elles des bijoux identiques. Vous prenez sans hésiter ces **neuf pendentifs** DI en espérant qu'ils seront utiles.

→ 9469

Et si vous essayiez votre passe-partout dans une serrure ?

→ 9490

Une moto, c'est généralement plus fait pour rouler par terre que sur un banc, à moins que vous ne souhaitiez pratiquer le trial…

→ 9499

La herse n'est pas rouillée. Utilisez mieux votre temps !

→ 9520

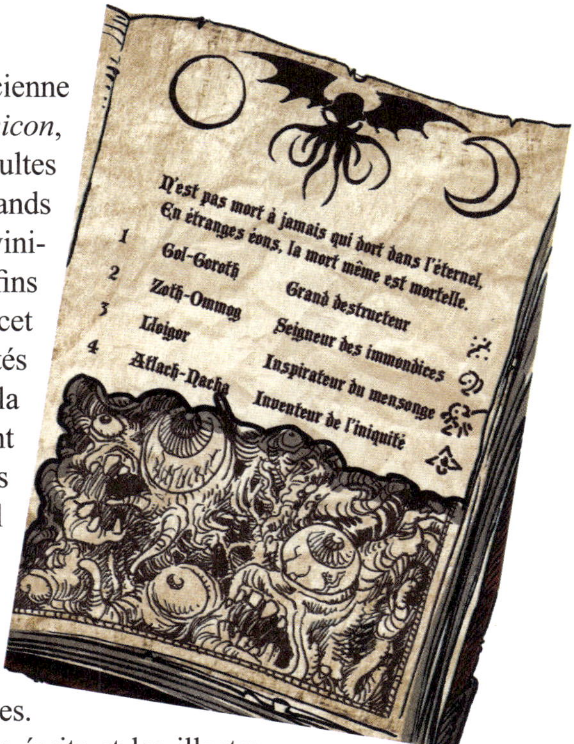

Ce livre, à reliure ancienne et intitulé *Necronomicon*, traite de rituels occultes voués aux Grands Anciens : des divinités venues des confins du cosmos. Selon cet ouvrage, ces entités gouvernaient jadis la Terre et se trouvent aujourd'hui dans un état de sommeil proche de la mort. Ceux qui officient dans ce temple cherchent à entrer en contact avec elles. Au fil des pages, les écrits et les illustrations de ces monstres réveillent en vous des angoisses et des phobies que vous croyiez oubliées. Cherchant à échapper à ces pensées malsaines et dérangeantes, vous remarquez une page déchirée sur laquelle une étrange liste est dressée.

→ 9547

La bibliothèque est déjà juste à côté du pentagramme. Que voulez-vous faire de plus, la renverser dessus ?

→ 9860

La serrure de cette porte est déjà déverrouillée.

→ 9876

Êtes-vous à ce point désespéré pour sacrifier votre bon sens ?

→ 9908

Vous venez de trouver cette clé accrochée à ce portail. Pourquoi vouloir l'y remettre ?

→ 9960

Plutôt que de verser du vinaigre dans la serrure, ne serait-il pas plus efficace de fabriquer un passe-partout ?

→ 9968

Traîner le coffre devant la statue est une perte de temps.

→ 9990

La dague passe entre les barreaux, mais pas vous.

CONCLUSION

Attention ! Ne lisez le paragraphe suivant que si vous y avez été expressément invité !

Encore bravo ! Vous avez fait preuve d'astuce, de sang-froid et d'opportunisme pour vous échapper de cette demeure.

Les yeux plissés par la pluie cinglante, tremblant de froid, vous dévalez la route grand train. L'estomac noué et les mains crispées, vous contrôlez fréquemment les rétroviseurs pour vous assurer qu'aucune voiture ne s'est lancée à votre poursuite. À chaque fois que vous atteignez un embranchement, vous bifurquez afin de brouiller les pistes. Après avoir roulé ainsi pendant ce qui vous a semblé durer une éternité, vous atteignez enfin Arkham. Sans hésiter un seul instant, vous filez droit vers un poste de police.

Il n'y a plus qu'à espérer que l'officier de service sera enclin à écouter votre histoire. Elle sera sans doute difficile à croire pour quelqu'un qui ne l'a pas vécue. À vrai dire, on pourrait même penser que vous avez perdu la raison. Tant pis, il faut le faire quand même.

Vous avez les identités de membres de cette terrible secte. Ces fous n'ont plus les pieds sur Terre. Ils sont dangereux et doivent être mis hors d'état de nuire. Vous connaissez également les noms des malheureux qui ont succombé à leurs horribles sacrifices. Ils sont probablement portés disparus et leurs familles ont le droit de savoir ce qui leur est arrivé. Tout cela, vous allez le révéler aux autorités avant que le soleil ne se lève.

Cette aventure vous a transformé. En cet instant, vos ambitions professionnelles ne comptent plus. Après être passé si près de la mort, vous avez envie de donner un sens à votre vie et d'oublier les démons du succès qui vous hantent depuis si longtemps.

Néanmoins, ce sera difficile. Vous étiez venu ici en espérant contribuer à la conquête du cosmos, en tirer gloire et richesse, et vous avez maintenant peur de ce qui s'y cache. Pourquoi est-ce tombé sur vous ? Est-ce une simple coïncidence ou votre intérêt pour le sujet a-t-il fait sortir les horreurs de l'espace de leur torpeur ? À bien y réfléchir, tomber dans un tel piège après s'être ainsi égaré sur les routes ne peut pas être le fruit du hasard. Soit le professeur Trap en sait bien plus qu'il ne l'a dit, soit il y a autre chose…

Les Grands Anciens sont-ils des chimères inventées par des déments ou une effrayante réalité ? Inexplicablement, le doute vous ronge. Les images du temple et de ce qui s'y pratique vous tourmentent. Non sans une certaine crainte, vous pressentez déjà que vos nuits futures seront remplies de cauchemars inspirés par Cthulhu…

Votre score

Pour calculer votre score, basez-vous sur votre chrono et sur le nombre d'indices utilisés au cours de la partie :

• Si vous avez terminé l'aventure :

	Moins de 60 min	Moins de 80 min	Moins de 100 min	Plus de 100 min
Aucun indice	★★★★★	★★★★⯪	★★★★☆	★★★☆☆
1 indice	★★★★⯪	★★★★☆	★★★⯪☆	★★⯪☆☆
2 indices	★★★★☆	★★★⯪☆	★★★☆☆	★★☆☆☆
3 indices ou +	★★★⯪☆	★★★☆☆	★★⯪☆☆	★⯪☆☆☆

• Si vous n'avez pas terminé l'aventure : vous ferez mieux une prochaine fois !

SOLUTIONS

Salle S1 - La cave

EXLA (paragraphe **0925**) – Vous observez dans la flaque d'eau le reflet des cordes qui vous maintiennent attaché. Avec un peu d'observation et de logique, vous devinez qu'il faut tirer, dans cet ordre, les bouts de corde 6, 4, 3 et 5.

6435 – Vous voilà libéré, les différents objets présents dans la salle sont désormais accessibles.

EXSE (**8586**) – Vous vous intéressez à la serrure de la porte. Un passe-partout rudimentaire devrait pouvoir la déverrouiller. Reste à le fabriquer…

OUCO (**2620**) – Parmi les outils disponibles, des **pinces rouillées** PI retiennent votre attention.

EXPI (**2350**) – Les pinces sont complètement bloquées par la rouille, et donc inutilisables en l'état

EXCA (**5035**) – En vous intéressant au casier, vous trouvez une **bouteille de vinaigre** VI. Vous remarquez également que l'armature métallique du casier est composée de ronds cintrés et d'un cerclage plat.

EXJU (**0426**) – Vous découvrez un article annoté, qui traite des phases lunaires : il vous sera probablement utile pour la suite.

VIJU (**7360**) – En imbibant les journaux de vinaigre, vous obtenez des **abrasifs dégrippants** GI.

GIPI (**1050**) – En frottant énergiquement le papier imbibé de vinaigre sur les pinces, vous parvenez à enlever la rouille : vous disposez de **pinces coupantes** KU.

KUCA (**0877**) – Vous découpez l'armature du casier à bouteilles et fabriquez un **passe-partout** de fortune PA.

PASE (**8569**) – Vous insérez le passe-partout dans la serrure de la porte qui s'ouvre sans difficulté. Vous êtes libre d'aller en **salle** S2.

Salle S2 - Le temple

EXLI (**3925**) – Sur la bibliothèque, vous découvrez des charnières trahissant l'existence d'un compartiment secret.

OULI ou DELI (**5630**) – Derrière un pan de la bibliothèque, vous découvrez un **coffre** FO muni d'une serrure. Vous dénichez également une page de livre déchirée.

EXTE (**3550**) – Sur l'autel, vous découvrez un **livre cérémonial** RI et une **dague** DA.

EXDA (**1000**) – Le manche de la dague fait office de clé. Pour l'utiliser, il faut ajouter **1000** à la prochaine action à réaliser sur un objet muni d'une serrure.

DAFO (**2947**) – La lame de la dague ne permet pas de crocheter la serrure du coffre. Connaissant l'existence de la clé au bout du manche, vous savez qu'il faut vous rendre au paragraphe **3947** (**2947** + **1000**) pour ouvrir le coffre.

3947 – À l'intérieur, vous découvrez notamment une note expliquant le code pour ouvrir une herse, que vous mettez pour l'instant de côté.

OURI (**9520**) – Vous ouvrez le *Necronomicon* et y découvrez une étrange liste de noms associés à des symboles.

DETU (**3841**) – La statue, qui pourrait cacher un passage secret, ne bouge pas d'un pouce.

EXTU (**6925**) – Vous remarquez une inscription au centre de son œil **DO**.

EXDO (**4209**) – L'inscription est malheureusement trop petite pour être déchiffrée.

VIDO (**5190**) – En plaçant la bouteille devant l'œil de la statue, vous parvenez à déchiffrer l'inscription : elle est composée de quatre symboles disposés autour d'un croissant de lune.

Ayant pris connaissance de l'article trouvé dans les journaux (**0426**), du livre posé sur l'autel (**9520**) et de la page déchirée tombée de la bibliothèque (**5630**), vous déduisez le code **8642** correspondant aux chiffres des quatre symboles classés dans l'ordre décroissant.

8642 – Même si ce code semble être correct, il n'a aucun effet car vous ne savez pas où le mettre en œuvre. Il vous faut trouver un objet ou un endroit où vous pourriez l'appliquer.

EXPE (7747) – Vous constatez que les runes présentes sur la périphérie du pentagramme peuvent être enfoncées dans le sol : il faut enlever **1111** au code trouvé sur la statue. Vous vous rendez donc au paragraphe **7531** (**8642** – **1111**) pour actionner les dalles du pentagramme.

7531 – Lorsque vous appuyez successivement sur les quatre dalles, la statue se débloque. Il faudra alors ajouter **2000** lorsqu'il s'agira de la déplacer. Ayant déjà essayé, vous savez que vous devez vous reporter au paragraphe **5841** (**3841** + **2000**).

5841 – Derrière la statue, vous découvrez un passage qui vous permet d'aller en salle **S3**.

Salle S3 - Le vestiaire

EXHE (2599) – **Neuf fentes** **FE** dans le boîtier semblent faire office de serrure.

EXSO (9456) – En décrochant les soutanes de leurs porte-manteaux, vous découvrez **neuf pendentifs en or** **DI**.

DIFE (5000) – Vous essayez d'insérer les pendentifs dans les fentes, mais ils sont trop épais.

EXDI (9250) – En observant attentivement les pendentifs, vous comprenez qu'ils peuvent être ouverts.

OUDI (0520) – L'ouverture des médaillons vous dévoile l'identité des membres de la secte : vous avez résolu le mystère de cette demeure. Les pendentifs étant ouverts, il faut désormais **diviser par 2** les combinaisons obtenues pour toutes les actions les concernant. Pour insérer les pendentifs ouverts dans les fentes, il faut donc se reporter au paragraphe **2500** (**5000/2** = **2500**).

2500 – Un cadenas apparaît, surmonté de deux symboles. Vous vous rappelez la note trouvée dans le coffre de la bibliothèque (**3947**). Elle évoquait un code correspondant au nombre total de triangles suivi de la réunion des Grands Anciens.

Dans le premier symbole, on peut dénombrer un total de **10 triangles** (la méthode la plus simple pour les compter consiste à repérer les 2 triangles différents présents dans le dessin, et à multiplier ce nombre par 5). Le symbole de pleine lune représente pour sa part l'ensemble des Grands Anciens de la liste qui, si on additionne leurs numéros (de 1 à 9, d'après la page du *Necronomicon* reconstituée), donne la valeur **45**. Les deux chiffres mis bout à bout donnent le code recherché, soit **1045**.

1045 – Vous pouvez monter l'escalier et accéder à la **salle S4**.

Salle S4 - Le garage

OUPO (**0680**) – En entrouvrant la porte, vous constatez que les adeptes de la secte commencent à arriver. Vous devez les empêcher d'entrer dans le garage en barricadant la porte.

BAPO (**3000**) – Déplacer le banc vous permet de bloquer la porte. Pour cela, il faut combiner ces deux objets. Cette précaution prise, vous devrez ajouter **3000** lorsque vous démarrerez la moto.

OUMI (**9280**) – Vous ouvrez le portail du garage. Malheureusement, vu la fréquentation de la cour où les adeptes continuent d'affluer, vous comprenez qu'il vous sera impossible de filer à pied. En rebroussant chemin, vous trouvez les **clés** **LE** de la moto.

EXMA (**2035**) – En examinant la moto, vous constatez que sa boîte de vitesses est incomplète. Pour la remonter, il faut positionner quatre engrenages en respectant les développements indiqués. En appliquant la même logique que celle du développement de 3, vous en déduisez qu'il manque un engrenage de 36 dents à l'emplacement A (développement de 1), de 24 dents en B (développement de 2), de 28 dents en C (développement de 4), et de 14 dents en D (développement de 5). Cela vous donne le code **6341** qui permet de réparer la boîte de vitesses.

6341 – Vous disposez désormais d'une **moto** **MO** **en état de marche**. Comme vous avez pris soin de bloquer la porte avec le banc, vous ajoutez **3000** au paragraphe indiqué pour l'action **LEMO**, soit **8777** (**5777** + **3000**).

8777 – Après avoir introduit la clé dans le contact, vous démarrez la moto. Vous voilà libre ! Il ne vous reste plus qu'à découvrir la conclusion de cette folle aventure.

PAPIER À BASE DE FIBRES CERTIFIÉES

LAROUSSE s'engage pour l'environnement en réduisant l'empreinte carbone de ses livres. Celle de cet exemplaire est de :
450 g éq. CO_2
Rendez-vous sur www.larousse-durable.fr

Achevé d'imprimer chez STIGE en Italie
Dépôt légal mai 2019 – 323228/04
N° projet : 11046945 – mars 2021